AF613808

CATALOGUE

DE

LIVRES FRANÇAIS

ANCIENS

DES XVIe ET XVIIe SIÈCLES

DES POÈTES ITALIENS ANCIENS ET AUTRES OUVRAGES

COMPOSANT LA BIBLIOTHÈQUE DE M. R***

DONT LA VENTE AURA LIEU

Le lundi 13 avril 1874, et les quatre jours suivants
à sept heures et demie précises du soir

Rue des Bons-Enfants, 28 (maison Silvestre)
SALLE N° 1.

Par le ministère de Me DELBERGUE-CORMONT, commissaire-priseur
Rue de Provence, 8

PARIS
ADOLPHE LABITTE
LIBRAIRE DE LA BIBLIOTHÈQUE NATIONALE
4, rue de Lille, 4

1874

ORDRE DES VACATIONS.

Première vacation. — *Lundi* 13 *avril* 1874.

Nos 1 à 206.

Deuxième vacation. — *Mardi* 14 *avril.*

207 à 408.

Troisième vacation. — *Mercredi* 15 *avril.*

409 à 597.

Quatrième vacation. — *Jeudi* 16 *avril.*

598 à 799.

Cinquième vacation. — *Vendredi* 17 *avril.*

800 à 1009.

Pièces originales sur la Lorraine, 828.

CONDITIONS DE LA VENTE.

La vente se fait au comptant.

Les réclamations devront être faites, au plus tard, dans les vingt quatre heures qui suivront la dernière vacation. Passé ce délai, les articles adjugés ne seront repris pour aucune cause.

Les acquéreurs payeront 5 p. °/o en sus des enchères, applicables aux frais.

Il y aura, chaque jour de vente, de deux heures à quatre, exposition des livres qui seront vendus le soir.

Paris. — Typographie de Georges Chamerot, rue des Saints-Pères, 19.

CATALOGUE

DE

LIVRES FRANÇAIS ANCIENS

DES XVIe ET XVIIe SIÈCLES

DES POÈTES ITALIENS ANCIENS ET AUTRES OUVRAGES

COMPOSANT LA BIBLIOTHÈQUE DE M. R***

THÉOLOGIE.

1. Psalterium Davidis. *Lugudni, apud Joh. et Dan. Elsevirios*, 1653, in-12, titre gr. mar. r. fil. tr. dor. (*Rel. anc.*)

2. Dionysii Petavii, e societate Jesu, paraphrasis psalmorum omnium Davidis, græcis versibus edita, cum latina interpretatione.... *Parisiis, apud Sebast. Cramoisy*, 1637, in-12, mar. r. fil. tr. dor. (*Rel. anc.*)

3. Davidis regis ac prophetæ psalmorum liber.... e latino in græcum translati. Exhibet Joan. Mauricius Suere du Plan. *Parisiis, Phil. Dionys. Pierres*, 1786, in-12, frontisp. mar. r. fil. coins ornés, tr. dor. (*Rel. anc.*)

4. Pseaumes de David, traduction nouvelle selon l'hébreu et la Vulgate (par Le Maistre de Sacy). *Suiv. la copie impr. à Paris, chez Pierre Le Petit*, 1678, in-12, v. m. (*Aux armes de Caumartin.*)

   Léger raccommodage à un feuillet.

5. Les Douze Testamens des patriarches, traduits en latin par Robert, évêque de Lincolne, et en françois par M. Macé, curé de Sainte-Opportune. *Paris, Jean de Nully*, 1713, in-12, v. br.

6. Novum Jesu Christi Testamentum, Vulgatæ editionis, Sixti V Pont. max. jussu recogn. atque editum. *Parisiis, apud Seb. Martin*, 1662, pet. in-12, frontisp. v. m.

7. Historia ac harmonia evangelica, seu quatuor evangelistæ in unum historiæ corpus congesti.... Joanne Rubo Hannonio authore. *Duaci, ex offic. Jacobi Boscardi*, 1571, pet. in-8, demi-rel. dos et coins de mar. br.

8. Passio Domini nostri Jesu Christi secundum seriem quattuor evangelistarum : per quemdam fratrem ordinis minorum de observantia... (*In fine :*) *Explicit concordantia quattuor evangelistarum.... operaque Adæ Petri de Langendorff accuratissime impress. Basileæ*, anno 1509, pet. in-4, goth. fig. sur bois, non rel.

9. Vie du Législateur des Chrétiens, sans lacunes et sans miracles, par J. N. (J. Nosneron). *Paris, impr. de Fournier*, 1803, in-8, demi-rel.

10. Explication de plusieurs textes difficiles de l'Ecriture (par dom Martin). *Paris, Emery*, 1730, 2 vol. in-4, fig. v. gr.

11. Des Processions de l'Église et de leurs antiquités, utilités, etc. (par Vatard). *Paris, Lefebvre*, 1705, in-12, v. br.

12. Breviarium Parisiense. *Parisiis*, 1736, in-12, mar. cit. dent. tr. dor. (*Rel. anc.*)

13. Horæ.... pet. in-8, v. tr. dor.

Manuscrit du quinzième siècle sur vélin, composé de cent feuillets. Il est orné de cinq grandes miniatures et de douze bordures de pages en or et en couleurs. Il manque quelques feuillets.

14. Horæ beatæ Mariæ virginis. *Lugduni, D. de Harsy*, 1543, pet. in-8, fig. et encadr. s. bois, demi-rel. v.

Incomplet du titre.

15. Resolutorium dubiorum circa celebrationem missarum occurrentium p. venerabilem patrem dominum Johannem de Lapide.... *S. l. n. d.*, pet. in-8, sem. goth. bas.

16. Psalterium ad honorabilem ritum Lugdunensis ecclesie Galliarum primatis.... *Lugduni, apud Jacobum Modernum. S. d.* (calendrier depuis 1032), in-4, impr. en rouge et en noir, mar. n. tr. dor. fermoirs.

17. Le Saint Concile œcuménique de Florence (en grec, tenu de 1439 à 1442, pour la réunion des Grecs et des Latins). *Rome, Zanetti*, 15.., in-fol. demi-rel.

18. Statuta Concilii Florentini. *S. l.* (1518), pet. in-4, vél. (*Premier et dernier feuillets remmargés.*)

19. D. Aurelii Augustini Hippon. Episcopi libri XIII Confessionum.... Opera et studio R. P. H. Sommalii. *Lugd., apud Dan. Elzev.*, 1675, pet. in-12, titre gr. v. gr. (*Titre remonté.*)

20. Liber Sancti Bonaventuræ de forma bene vivendi.

Manuscrit exécuté à la fin du quinzième siècle sur papier, style italien. Il est orné de grandes lettres en or et en couleurs. Lettres initiales rubriquées, 167 feuillets.

21. Seraphici profundissimique doctoris.... divi Bonaventure cardinalis :... opus non minus subtilissimum quam speculativum super primo libro sententiarum. *Parrhisiis, in edibus Francisci Regnault. S. d.* — Index alphabeticum sive repertorium Johannis Beckenhaub... inscripta divi Bonaventure super quattuor libros sententiarum. *Parrhisiis, in edibus Francisci Regnault. S. d.* — En 1 vol. in-8, goth. à 2 col. v. gr.

22. Isidorus de Summo Bono. *Impressum Parisiis per Stephanum Jehannot*, anno 1495, pet. in-8, goth. rel. en peau de m.

Édition rare.

23. Isidorus de Summo Bono. *Impressus Parisiis in Campo Gaillardi per Guidonem mercatoris*, anno 1493, pet. in-8, goth. fig. sur bois sur le titre, demi-rel. v. aut.

24. Incipit Tractatus John. Gerson de cognitione castitatis et pollucionibus diurnis. — Incipit forma absolucionis sacramentalium ejusdem Joh. Gerson. *S. l. n. d.* Ces deux Traités en 1 vol. in-4, sem. goth. demi-rel. v. f.

25. Incipit Tractatus venerabilis magistri Joh. Gerson... de meditatione, et ponuntur decem et septem consideraciones quarum prima est ista. (In fine :) *In hoc finitur doctrinalis exposicio Mgri Joh. Gerson super septem psalmos penitenciales. S. l. n. d.* (*Colon.*, *Ulr. Zell.*), in-4 de 55 ff. sem. goth. demi-rel. (Voy. *Hain*, 7628.)

Bel exemplaire, grand de marges.

26. (Alanus.) De Contemptu mundi (cum glossulis). *Parisiis, Félix Baligault* (circà 1500), in-4, cart.

27. Concordantia astronomie cum theologia. Concordantia astronomie cum hystorica narratione. Et elucidarium duorum precedentium : domini Petri de Aliaco. *Venetiis.... Erhardique Ratdolt*, 1490, in-4, fig. sur bois, au verso du titre, marque à la fin, demi-rel. en vél. (*Piqué des vers.*)

28. Consolatorium timorate conscientie (auctore Johann. Nyder). *S. l. n. d.* (marque de M. J. Moerart sur le titre), pet. in-8, sem. goth. vél.

29. Abrahami Ecchellensis Maronitæ... epistola apologetica (prima, altera et tertia). *S. l.*, 1647, in-8, v. f. fil. tr. dor.

Aux armes de Daniel HUET, évêque d'Avranches.

30. Incipit Modus confitendi. (In fine :) *Consummatum est presens hoc opusculum in Colonia sub anno* M.cccc.lxxviij, pet. in-4, sem. goth. cart.

31. Traité de l'Infini créé, avec l'explication de la possibilité de la transsubstantiation. Traité de la Confession et de la Communion, par le P. Malebranche. *Amsterdam, M.-Michel Rey*, 1769, in-12, br.

Édition originale.

32. Traité des Superstitions, selon l'Écriture sainte, les décrets des Conciles et les sentiments des Saints Pères et des théologiens, par J.-B. Thiers. Seconde édition, revue et augmentée. *Paris, Ant. Dezallier*, 1697 et *Jean Nully*, 1704, 4 vol. in-12, v. br.

33. Traité des Superstitions, par M. J.-B. Thiers. *Paris, Ant. Dezallier*, 1712, 4 vol, in-12, v. gr.

34. Discours sur la Comédie, ou Traité historique et dogmatique des jeux de théâtre, par le R. P. Pierre Lebrun. *Paris, veuve Delaulne*, 1731, in-12, v. gr.

35. Libro del Maestro e del Discepolo. *Vineggia, Fr. Bindoni*, 1534, pet. in-8, demi-rel. mar. r.

C'est la traduction de l'ancien ouvrage français intitulé : *le Lucidaire*.

36. Avis pour les curez, vicaires, confesseurs et autres ecclesiastiques du diocèse d'Agen ; nouvelle édition, reveue, corrigée et augmentée par Monseigneur l'évêque. *Agen, Ant. Bru*, 1674, pet. in-8, v. gr.

37. Catéchisme à l'usage de toutes les églises de l'Empire français. *Paris, veuve Nyon*, 1806, in-12, n. rel.

38. Instruction pastorale sur les promesses de l'Église, par J.-B. Bossuet. *Paris, Jean Anisson*, 1700. — Seconde Instruction pastorale sur les promesses de Jésus-Christ à son Eglise, par le même. *Paris, J. Anisson*, 1701. — En 1 vol. in-12, v. br.

39. Thomæ à Kempis de Imitatione Christi libri quatuor. *Amst., D. Elzevier*, 1679, pet. in-12, v. f.

Manque le titre gravé.

40. L'Imitation de Jésus-Christ, traduite et paraphrasée en vers françois, par P. Corneille. *Bruxelles, Fr. Foppens*, 1665, in-12, cart. (*Titre en mauvais état.*)

41. Imitation de Jésus-Christ, trad. nouvelle par M. l'abbé Valart. *Paris, J. Barbou*, 1780, in-12, v. gr.

41 *bis*. Stella clericorum. *S. l. n. d.* (marque de Jehan Petit sur le titre), pet. in-8, goth. — Modus confitendi. *S. l. n. d.* (marque de Jehan Petit sur le titre), pet. in-8, goth. — Aureum de peccatis capitalibus.... *S. l. n. d.*, pet. in-8, goth. fig. sur bois sur le titre. — Opusculum breve ac excellens de ordinibus aliisque sacramentis, et maxime ad erudimentum nonnullorum ad sacros ordines aspirare volentium. (In fine :) *Impressum Parisiis, per Jacobum Niverd. S. d.*, pet. in-8, goth. fig. sur bois sur le titre. — Et six feuillets mss. du XVe siècle. — Le tout en 1 vol. pet. in-8, demi-rel.

42. De Imitatione sanctorum rev. patris fratris Guillelmi Pepin. *Parisiis, Oud. Petit*, 1541, pet. in-8, goth. v. br.

43. Veridicus Christianus, auctore P. Joanne David. *Antverpiæ, ex officina Plantiniana*, 1606, in-4, bas. (*Légères piqûres de vers aux premiers feuillets et taches en plusieurs endroits.*)

102 figures et le frontispice gravés par Th. Galle.

44. Le Bréviaire des courtisans, enrichy d'un grand nombre de figures, par le sieur de la Serre. *Paris, Hénault*, 1630, pet. in-8, v. f. fil. tr. dor.

45. Dernier Discours sur l'humilité de Jésus-Christ et de celle de S. Charles Borromée, fait et prononcé à Milan le 10 avril 1699.... par René Milleran, de Saumur. Augmenté par l'auteur du Miroir spirituel qui ne flate point, figuré par le mondain qui flate.... et autres traités. *Milan, Marc-Ant. Pandolfe Malatesta*, 1700, in-12, 2 frontisp. grav. à la sanguine, portr. bas.

46. Réflexions sur la miséricorde de Dieu, par une dame pénitente (la duchesse de la Vallière). *Paris, Ant. Dezallier*, 1712, in-12, v. br.

47. Reformatorium vite morumque et honestatis clericorum saluberimum.... (auctore Jacobo Philippi, parocho S. Petri Basileensis, edente vero Seb. Brandt.) *Basileæ, Mich. Furter*, M.cccc.xliiij (1494), pet. in-8, sem. goth. cart.

48. Enchiridion o manual del cavallero christiano de D. Erasmo en romance. — Preparacion y aparejo para bien morir. — Silenos de Alcibiades. *Anvers, Nucio*, 1555. Ces trois ouvrages en 1 vol. pet. in-8, v. br.

49. Exposition de la doctrine de l'Église catholique sur les matières de controverse, par J.-B. Bossuet. *Paris*, 1671, pet. in-12, mar. n. fil. à froid.

50. Les Trois Véritez contre tous athées, idolâtres, juifs, mohumétans, hérétiques et schismatiques (par Charem). *Paris, Corrozet*, 1595, pet. in-12, v. m.

51. Disputatio Joannis Eccii et Martini Lutheri. *S. l.*, 1519, pet. in-4, gothique, cartonné.

Rare. Bel exemplaire.

52. De Authoritate Ecclesiæ et Scripturæ, libri duo Johannis Cochlei adversus Lutheranos. *S. l.* (*Romæ*, 1523), in-4, demi-rel. dos de toile.

53. De M. Lutheri et aliorum sectariorum doctrinæ varietate et discordia opuscula... *Coloniæ*, 1579, gr. in-8, rel. en bois.

Avec deux autres ouvrages dans le même volume, dont *Calvini Vita*, 1580.

54. Ich bin der Strigel im teutschen Landt,
Zu trost und gutt dem rosskamp gesandt.
Wer woell innen werden d. gaystlichen ordnung unnd lauff,
Der lug das er dies buchlein bebendt kauff, etc.
S. l., 1521, in-4 de 6 ff., titre gravé avec le monogr. H. B.

Pièce en vers rimés, très-rare. C'est une satire contre Luther.

55. Réfutation de la réponse faite par Ereiter, ministre luthérien, à un ecclésiastique qui avoit soutenu que Luther avoit appris du diable à combattre la messe, où est rapportée la conférence du diable avec Luther contre le s. sacrifice de la messe (par Pillon). *Paris, Savreux*, 1673, in-12, portr. de Luther ajouté, v. br.

56. Le Rabelais réformé par les Ministres, et nommément par Pierre Du Moulin, ministre de Charanton. *Brusselle, Christ. Girard*, 1620, pet. in-8, v. marb. fil.

57. Le Héraut du grand roy Jésus, ou éclaircissement de la doctrine de Jean de Labadie. *Amsterdam, D. Elzevier*, 1667. — Les Divins Hérauts de la pénitence au monde, par le même. *Amsterdam, D. Elzevier*, 1667, in-8, vél.

58. De Nativitate mediatoris ultima, nunc futura... in quo totius naturæ obscuritas, origo et creatio, ita cum sua causa illustratur..., ex scriptore Gulielmo Postello. *S. l. n. d.*, in-4, v. éc. fil. tr. dor.

59. Protevangelium, sive de natalibus Jesu Christi et ipsius matris Virginis Mariæ sermo historicus divi Jacobi Minoris (auct. G. Postello). *Basileæ, s. d.*, pet. in-8, v. m.

Livre rare.

60. Mare Rabbinicum infidum, seu quæstio Rabbinico-Talmudica, authore Claudio Cappelano. *Parisiis, apud Gasp. Meturas*, 1667, in-12, mar. r. fil. tr. dor. (*Rel. anc.*)

61. La Religion des Mahometans, exposée par leurs propres docteurs, avec des éclaircissements sur les opinions qu'on leur a faussement attribuées, tiré du latin de M. Reland. *La Haye, J. Vaillant*, 1721, in-12, v. jas. dent. tr. dor.

62. *Delaïl et Khairat.* Guide pour les œuvres pies, par le cheikh Mohammed-ben-Suleyman-el-Djercain. In-16, reliure orientale.

Manuscrit arabe.

63. Recueil de pièces curieuses sur les matières les plus intéressantes, par Radicati, comte de Passeran. *Rotterdam*, 1736, in-8, br.

64. Pour et Contre la Bible, par Sylvain M*** (Maréc hal). *A Jérusalem*, 1801, in-8, pap. vél. br.

65. Traité des trois imposteurs (par Vrœs, J. Aymon et J. Rousset). *S. l.*, 1775, in-8, v. m.

JURISPRUDENCE.

DROIT ROMAIN. — DROIT FRANÇAIS.

66. Du Droit de nature, par Jacques Leschassier, advocat en la cour de Parlement. *Paris, Claude Morel*, 1601, in-12, demi-rel.

67. Epitome du droit civil, des quatre livres des Institutes impériales, et des neuf livres du Code en la faveur de la studieuse jeunesse. *Paris, Rob. le Mangnier*, 1571, in-8, cart. réglé.

68. L'Interprétation des Institutes de Justinian, avec la conférence de chasque paragraphe aux ordonnances royaux, arrestz de parlement, etc., ouvrage inédit d'Estienne Pasquier. *Paris, A. Durand*, 1847, in-4, br.

69. Jurisprudentia vetus ante-Justinianea, ex recensione et cum notis Antonii Schultingii. *Lipsiæ, ex off. Weidmanniana*, 1737, in-4, vél.

70. Incipiunt quædam Brocardica excerpta a toto corpore juris civilis et canonici. *Impressum Tholosæ per magistrum Jacobum Colomiès*, 1534, in-16, rel. format d'agenda.

71. De Justitia commutativa. *Parisiis, per Guidonem Mercatoris, in Campo Gaillardi*, 1496, petr in-8, gothique rel.

72. Karoli Magni et Ludovici pii christianiss. regum et imp. Francorum, capitula sive leges ecclesiasticæ et civiles ab Ausigiso.., et Karoli Calvi capitulis. *Parisiis, apud Claudium Chapellet*, 1603. — Karoli Calvi et successorum aliquot Franciæ regum capitula in diversis synodis ac placitis generalibus edita, Jacobus Sirmondus, etc. *Parisiis, apud Seb. Cramoisy*, 1623, 2 vol. in-8, v. ant.

73. Histoire des Capitulaires des rois françois sous la première et la seconde race, ou Préface de M. Etienne Baluze sur l'édition qu'il a donnée en 1677 des Capitulaires de nos rois (trad. du latin par l'Escalopier de Nourar). *La Haye*, 1755, in-12, br.

74. Fœderis Ludovici Germaniæ et Karoli Galliæ regum apud Argentor., anno 842, percussi, formulæ. *S. l.*, 1611, pet. in-4, cart.

75. Ordonnances nouvellement faictes par le Roy nostre sire touchant l'abréviation du procès. *En la boutique de Galliot du Pré* (1528), pet. in-4, gothique.

A la fin se trouve : Autres ordonnances nouvelles du Roy, nostre sire, sur l'estat des trésoriers et manyment des finances. *Imprimé à Paris, par maistre Geoffroy Tory*, 1532, pet. in-4, lettres rondes, chiffres et ornements. Deux opuscules très-rares et bien conservés.

76. Ordonnance du roy sur le pris, debit et vente des busches, fagots et bourrées. *Paris*, 1565. — Edict du roy pour contenir les serviteurs et servantes dans leurs devoirs. *Paris*, 1565. — Lettres patentes du roy, portants defense de ne vendre en public ne privé aucunes espèces de chair durant le caresme. *Paris*, 1565. — Arrest de la cour de Parlement contenant défense d'imprimer ne vendre certains livres defenduz, etc. *Paris*, 1565. — Lettres patentes du roy pour l'establissement des capitaines de la ville de Paris, etc. *Paris*, 1567.— Ordre et police que le roy entend estre doresnavant gardé et observé en sa ville de Paris. *Paris*, 1567. Règlement faict de par le roy et les prévosts des marchans, etc., de la ville de Paris, pour fortifier et faciliter les gardes du guet et sentinelles, tant la nuict que le jour. *Paris, s. d.* — Préséance pour les abbez réguliers ou commendataires, contre les archidiacres, doyens, prévosts et autres telles dignitez ecclésiastiques, par M. Sébastian Rovillard de Melun. *Paris*, *Gilles Robinot*, 1608, in-8, cart. — Libre Ha-

rangue faicte par Mathault en la présence de Monsieur le Prince en son chasteau d'Amboise, le 16e jour de juin 1614. *S. l.*, 1614, in-8, cart.

77. L'Abbréviation des procez faicte par la court de parlement, concernants l'ordonnance et règlement des procureurs en icelle. *Paris*, *Nivelle*, 1576, pet. in-8, bas.

78. Coustumes du duché et bailliage de Touraine, anciens ressorts et enclaves d'iceluy, avec les annotations de M. Estienne Pallu. *Tours*, *Estienne La Tour*, 1661, in-4, v. m. tr. dor.

79. Consuetudines generales Bituriceuses, Turonenses ac Aurelianenses, *Parisiis*, *Fr. Regnault*, 1529, in-4, vél.

Édition gothique, très-bel exemplaire.

80. Sommaire Explication des articles de la coustume de Bourgogne, par Claude de Rubys. *Lyon*, *Benoist Rigaud*, 1588, in-8, vél.

81. Les Louables Coustumes du pays et duché de Bretagne, visitées et corrigées par plusieurs discretz et venerables iuristes... nouvellement corrigées et amendées *pour Jehan Mace libraire demourant a Rènes p̄s la porte Saīt Michel et pour Michel Augier demourant à Caen pres le pont Sainct Pierre*, *s. d.*, pet. in-8, goth. de CCXXVI ff. chiffrés, et 24 pour le répertoire, demi-rel.

82. Code de la librairie et de l'imprimerie de Paris, avec les anciennes ordonnances, depuis l'an 1332 jusqu'à présent (par Saugrain). *Paris*, 1744, in-12, v. éc. fil. tr. dor.

83. L'Office du Juge pour souvenance aux advocats et practiciens de ce qu'ils peuvent demander selon la loy, ordonnances françoises et coustumes des lieux, etc., par Jean Duret J. C. de Moulins en Bourbonnois. *Lyon*, *Benoist Rigaud*, 1596, in-16, vél.

84. Causes amusantes et connues (publ. par R. Estienne). *Berlin*, 1769-70, 2 vol. in-12, fig. v. m.

85. Causes amusantes et connues. *Berlin*, 1781, 2 vol. in-12, br. — Faits des causes célèbres et intéressantes. *Amsterdam*, 1769, in-12, br. — Procès contre les Jésuites, pour servir de suite aux causes célèbres. *Douai*, 1761, in-8, d.-rel. v. br.

86. Bulletin officiel de l'Ile Bourbon. *Saint-Denis*, 1817, 1819, 1820, 1821, 1825, 1826, 6 vol. — Code de procédure civile adapté à la Guyane française. *Cayenne*, 1821, ensemble 7 vol. pet. in-4, cart.

En plus 2 années 1817.

DROIT ECCLÉSIASTIQUE.

87 Cl. Salmasii de primatus Papæ, cum apparatu accessere de eodem primatus Nili et Barlaami tractatus. *Lugd. Batavor., ex officina Elzeviriorum*, 1645, in-4, vél.

88. Liber decretorum sive Panormia Yvonis accurato labore summoque studio in unum redacta continens. (In fine :) *Expensis Mich. Furter*, 1499, in-4, v. gr. gothique.

89. Clergé de France. Église gallicanne. *Paris*, 1681-82, 3 pièces in-4, n. rel.

90. Pragmatica Sanctio. *Parisiis, Johan. Petit*, 1507, pet. in-4, goth. mouton vert.

91. Pragmatica Sanctio. (A la fin :) *Finis huic opusculo impositus est opera Johannis Barbier impressoris seduli in urbe Parisia*, 1514, in-8, caract. goth. bas.

92. Pragmatica Sanctio, cum Concordatis. Cosmæ Guymier commentarius... *Impressa Lugduni, sumptibus Antonii Vincentii, apud Mathiam Bonhome*, 1538, in-8, mouton vert.

93. La Véritable Explication du Concordat, qui fait voir que le roy a droit de nommer à un très-grand nombre de prieurez, par Jean Chastain, prestre. *Paris, Gas. Meturas*, 1678, in-12, v. br. tr. dor.

94. Traicté des droicts honorifiques des seigneurs ès églises, par Mathias Mareschal. *Caen, J. Maugeant*, 1623, pet. in-8, vélin.

95. Traité des droits honorifiques des seigneurs dans les églises, par Maréchal, avec un traité du droit de patronage, de la présentation aux bénéfices, etc..., par Denis Simon. *Paris, Guignard*, 1726, 2 tom. en 1 vol. in-4, demi-rel. v. f.

96. Histoire des perruques, par M. J.-B. Thiers. *Paris*, 1690, in-12, v. marb.

97. Histoire des perruques, par M. J.-B. Thiers. *Avignon, L. Chambeau*, 1777, in-12, v. marb.

98. Epistola de miseria curatorum seu Plebanorum. *S. l.*, 1489, très-pet. in-4, goth. de 8 ff., fig. sur bois sur le titre.

99. Regula S. P. Benedicti, cum declarationibus congregationis sancti Mauri, jussu et authoritate Capituli, 1663, in-8, titre gravé, vél.

A la fin du volume se trouve la liste manuscrite des Pères de l'ordre de Saint-Benoît, de Saint-Germain des Prés et autres monastères, morts depuis 1488.

100. Dissertation sur l'hémine de vin et sur la livre de pain de Saint-Benoist et des autres anciens religieux (par Cl. Lancelot). *Paris, Savreux*, 1667, in 12, v. br.

SCIENCES ET ARTS.

SCIENCES PHILOSOPHIQUES, MORALES ET POLITIQUES.

Philosophie morale.

101. Auctoritates Aristotelis, Senecæ, Boetii, Platonis, Apuleii Africani, Empedoclis, Porphyrii et Guiberti Porritani. — Mensa philosophica. 1530, pet. in-8, goth. vél.

102. Petri Rami dialecticæ Institutiones ad celeberrimam et illustrissimam Lutetiæ Parisiorum academiam. *Parisiis*, *Jac. Bogardus*, 1543, in-8, vél.

Première édition, rare.

103. De la Recherche de la vérité, où l'on traite de la nature de l'homme, et de l'usage qu'il en doit faire pour éviter l'erreur dans les sciences (par Malebranche). *Amsterdam, Henry Desbordes,* 1688, 2 vol. in-12, v. f.

104. Pensées philosophiques (par Diderot). *La Haye*, 1746, in-12, fig. v. m.

105. Premier Aperçu d'un ouvrage intitulé : Esquisse d'une nouvelle encyclopédie, ou Introduction à la philosophie du XIXe siècle, ouvrage dédié aux penseurs, par Henri Saint-Simon. *Paris, imprimerie de N. Rougeron* (1810), in-4 de 8 pages.

« Cette brochure a été trouvée à 3 ou 4 exemplaires parmi des papiers manuscrits ou imprimés laissés en gage par Saint-Simon, pour dettes, chez M. ***, à Alençon. »

106. Dianyologie, ou Tableau philosophique de l'entendement, par le prince Beloselski. *Dresde, impr. de C.-C. Meinhold,* 1790, in-8, v. f. dent.

107. Le Tableau des esprits, de M. Jean Barclay. *Paris, Jean Petit-Pas*, 1625, in-8, v. jasp. fil.

108. Les Sexes des esprits, par M. de la Motte le Noble. *Rouen, impr. d'Antoine Maurry*, 1676, in-8, v. gr.

Ouvrage singulier, en prose mêlée de vers.

109. L'Examen des esprits pour les sciences, genre composé par Jean Huarte, traduit de l'espagnol par Fr. Savinien d'Alquié. *Amsterdam, Jean de Ravestein*, 1672, pet. in-12, v. gr.

110. Trésor de vertu, où sont contenues les plus nobles et excellentes sentences et enseignements de tous les premiers auteurs hébreux, grecs et latins, en françois et en italien. *A Lyon, Jean Temporal*, 1555, in-16, cart.

111. Epicteti Enchiridion (gr.) ex editione Joannis Upton accurate expressum. *Glasguæ, Robertus et Andreas Foulis*, 1751, in-32, cart. n. rog.

112. Epicteti Enchiridion (gr.) curante (J.-B. Lefebvre de Villebrune). *Parisiis, Philippi-Dionysii Pierres*, 1782, in-18, mar. r. doubl. de moire, tr. dor. (*Courteval.*)

113. Boetius, de Consolatione philosophiæ. *Rothomagi, Robertus*, 1506, pet. in-4, goth. vél.

114. Severini Boetii, de Philosophiæ consolatione, ejusdem de scholastica disciplina, qui alii quoque autori a nonnullis adscribitur. *Florentiæ, sumptibus Philippi de Giunta*, 1513, pet. in-8, bas.

115. Le Doctrinal de Sapience, dans lequel est compris et enseigné tous les devoirs des véritables chrétiens pour parvenir à la béatitude éternelle (par Guy de Roye). *Troyes, J. Oudot, s. d.*, in-8, cart.

116. Pensées diverses, par Est. Coeuilhe. *Paris, Mérigot fils*, 1751, pet. in-12, v. gr. fil. (*Aux armes du duc de Parme.*)

117. Trattato dell' honor vero et del vero dishonore, con tre questioni qual meriti più honore, o la donna, o l'huomo, o il soldato, o il litterato, o l'artista, o il leggista, di Girolamo Camerata Randazzo. *In Bologna, per Aless. Benacci*, 1567, in-4, vél.

118. L'Horloge des princes, avec le très-renommé livre de Marc-Aurèle, recueilly par dom Antoine de Guevare, traduit par N. de Herberay, seigneur des Essars. *Paris, Jacques le Roy*, 1588, in-8, vél.

119. Le Livre doré de Marc-Aurèle, traduit de vulgaire castillan en françois par R. B. de la Grise. *Anvers, Martin Nutius*, 1593, in-16, vél.

120. Réflexions, sentences, ou Maximes royales et politiques, traduites de l'espagnol par le R. P. d'Obeilh. *Amsterdam, Daniel Elzevier*, 1671, pet. in-12, demi-rel. v. ant.

121. La Morale de Confucius, philosophe de la Chine. *Amsterdam, Pierre Savouret*, 1688, pet. in-8, portr. demi-rel. mar. r. n. rog.

122. De Civilitate morum puerilium, per D. Erasmum. *Antuerpiæ, J. Latius*, 1552, pet. in-8, v. f.

123. Dialogues philosophiques et très-utiles, italiens-françois, touchant la vie civile, traduits de J.-B. Giraldi Cynthien, par Gabriel Chappuis, Tourangeau. *Paris, Abel l'Angelier*, 1583, in-12, vél.

124. Discours sur la bienséance, avec des maximes et des réflexions très-importantes pour réduire cette vertu en usage (par Jean Pic). *Paris, Séb. Cramoisy*, 1688, in-12, v. br.

Politique.

125. De l'Estat et maniement de la chose publique, ensemble du gouvernement des royaumes et instruction des princes, extraits des œuvres latins de François Patrice, Sienois, traduit en françois par M. Jean le Blond. *Paris, Claude Micard*, 1584, in-16, bas.

126. Les Six Livres de la République de J. Bodin, Angevin. *Paris, Jacques du Puys*, 1577. in-fol. v. f. fil.

127. Les Six Livres de la République de J. Bodin, Angevin. *Paris, Jacques du Puys*, 1580, in-8, v. m.

128. Elementa philosophica de cive, auctore Thom. Hobbes Malmesburiensi. *Amsterodami, apud Ludovicum Elzevirium*, 1647, pet. in-12, v. f. fil. tr. dor. (*Lortic.*)

129. Le Corps politique, ou les Éléments de la loy morale et civile, par Thomas Hobbes. *Leide, Jean et Daniel Elzevier*, 1653, pet. in-12, vél.

130. Le Corps politique, ou les Éléments de la loy morale et civile, avec des réflexions sur la loy de nature, sur les serments, les pactes, etc., par Thomas Hobbes. *Leide, Jean et Daniel Elzevier*, 1653, pet. in-12, cart.

131. Discours sur les moyens de bien gouverner et maintenir en bonne paix un royaume, contre Nicolas Machiavel (par Innocent Gentillet). *S. l.*, 1577, in-16, vél.

132. De Ruis gentium et regnorum adversus impios politicos, libri VIII, auctore Thoma Bozio Eugubino. *Coloniæ Agrippinæ, Joan. Gymnicus*, 1598, pet. in-8, v. f. (*Aux deuxièmes armes de J. A de Thou.*)

133. Théorie de la royauté d'après la doctrine de Milton. *S. l.*, 1789, in-8, demi-rel. mar. br. n. rog.

134. Traité de l'autorité royale. *Paris, Jean Cusson*, 1691, in-12, mar. r. fil. tr. dor. (*Rel. anc.*)

135. La Politique du temps, traitant de la puissance, autorité et du devoir des princes, des divers gouvernemens, jusques où l'on doit supporter la tyrannie (attribué à d'Avesne). *Jouxte la copie imprimée à Paris*, 1650, in-12, demi-rel. v. fauve.

136. Pierre de touche politique tirée du mont Parnasse, où il est traité du gouvernement des principales monarchies du monde, traduite en françois de l'italien de Trajano Boccalini. *Paris*, 1626, in-8, vél.

137. Question royale et sa décision (par J. Duvergier de Hauranne, abbé de Saint-Cyran). *Paris, Toussaint de Bray*, 1609, pet. in-12, non rog.

138. L'Anti-Mariana, ou Réfutation des propositions de Mariana pour monstrer que la vie des princes souverains doit estre inviolable aux subjects et à la République... (par Roussel). *Paris, P. Mettayer*, 1610, pet. in-8, vél.

139. Traicté politique composé par William Allen Anglois, et traduit nouvellement en françois, où il est prouvé par l'exemple de Moyse et par d'autres, que tuer un tyran n'est pas un meurtre. *Lugduni, anno M.DC.LVIII*, pet. in-12, basane.

Réimpression à petit nombre, faite en 1793.

140. Il Libro del Cortegiano del conte Baldesar Castiglione. *Parma*, 1530, pet. in-8, v. m.

141. Traicté de la cour, ou Instruction des courtisans, par monsieur du Refuge. *Amsterdam, Elzevier*, 1649, in-12. v. fauve.

142. Traicté de la cour, ou Instruction des courtisans, par monsieur du Refuge. *Amsterdam, Elzevier*, 1656, in-12, vél.

Avec témoins.

143. La Fortune des gens de qualité et des gentils-hommes particuliers, enseignant l'art de vivre à la Cour suivant les maximes de la politique et de la morale, par de Caillières. *Paris, Est. Loyson*, 1663, pet. in-12, vél.

144. Le Parfait Ambassadeur, traduit de l'espagnol en françois par le sieur Lancelot. *Jouxte la copie imprimée à Paris*, (*Holl. Elz.*), 1642, pet. in-12, demi-rel. v. f.

145. De la Charge des gouverneurs de places, par M. Antoine de Ville. *Amsterdam, Abr. Wolfgang*, 1674, v. gr.

146. Histoire du commerce et de la navigation des anciens, par M. Huet, évêque d'Avranches. *Lyon, Benoît Duplain*, 1763, in-8, demi-rel. v. v. (*Muller.*)

147. Le Négociant anglois, ou Traduction libre du livre intitulé : The British Merchant (par Forbonnais). *Imprimé à Dresde et se trouve à Paris, chez les frères Estienne*, 1753, 2 vol. in-12, demi-rel. v. f.

SCIENCES NATURELLES.

148. Les Secrets et Merveilles de la nature, recueillis de divers autheurs et divisez en XVII livres, par Jean-Jacques Wecker, de Basle. *Rouen, Richard Lallemant*, 1680, in-8, vélin.

149. Secret pour teindre la fleur d'immortelle en diverses couleurs, avec la manière de la cultiver, pour faire des pastes de différentes odeurs fort agréables. *Paris, de Sercy*, 1690, in-12, vél.

150. Description anatomique d'un caméléon, d'un castor, d'un ours et d'une gazelle (par Perrault). *Paris, Fr. Léonard*, 1669, in-4, fig. n. rel.

151. De Re hortensi libellus, vulgaria herbarum, florum, ac fruticum, qui in hortis conseri solent nomina latinis vocibus efferre docens ex probatis authoribus. *Parisiis, ex officina Roberti Stephani*, 1535, pet. in-8, v. fr. fil.

152. Libri de re rustica, Catonis, Terentii Varronis, Junii Moderati Columellæ, Palladii. *Venetiis, in ædibus Aldi*, 1514, pet. in-4, v. br.

153. Discours œconomique, non moins utile que recreatif, monstrant comme, de cinq cens livres pour une foys employées, l'on peult tirer par an quatre-mil cinq cens livres de proffict honneste, par M. Prudent le Choyselat. *Rouen*, 1612. — De la nature, qualitez et prérogatives admirables du Poinct, par Scipion de Gramont. *Paris, M. Daniel*, 1619, pet. in-8, v. marb.

154. Les Promenades printanières de A. L. T. M. C. (Ant. Le Tartier, médecin champenois). *Paris, Guill. Chaudière*, 1586, in-16, v. jasp. fil. tr. dor. (*Manque le titre.*)

SCIENCES MÉDICALES.

155. Alexandri Benedicti physici anatomice, sive historia corporis humani, ejusdem collectiones medicinales seu aforismi. *Parisiis, in officina Henrici Stephani, s. d.*, in-4, non rel.

156. Physionomia magistri Michaelis Scoti. *Parisiis, Gaudoul, s. a.* — Liber secretorum Alberti magni de virtutibus herbarum, lapidum et animalium; pet. in-8; goth. dem.-rel. v. f.

157. Sever. Pinæus, de Virginitatis notis, graviditate et partu. Lodov. Bonaciolus de conformatione fœtus, accedunt alia. *Lugd. Batavor., apud Fr. Moiaert*, 1650, pet. in-12, fig. vel.

158. Système physique et moral de la femme, suivi du Système physique et moral de l'homme, par Roussel. *Paris, Caille et Ravier*, 1809, in-8, fig. cart. tr. dor.

159. Lucina sine concubitu, Lucine affranchie des loix du concours, lettre traduite de l'anglois d'Abraham Johnson. *S. l.*, 1750, in-8.

160. L'Art de conserver sa santé, composé par l'École de Salerne, traduction en vers françois, par M. B. L. M. (Bruzen de la Martinière). Augmenté d'un traité sur la conservation de la beauté des dames. *Paris*, 1760, in-8, br.

161. Histoire de la maladie singulière et de l'examen du cadavre d'une femme, devenue en peu de temps toute contrefaite par un ramollissement général des os, par M. Morand. *Paris, Ve Quillau*, 1752, in-12, fig. dem.-Mel. v. — Recueil pour servir d'éclaircissement détaillé sur la maladie de la fille d'un tireur de pierres du village de S. Geosmes, près de Langres, par M. Morand. *Paris, Delaguette*, 1754, in-12, br. — Observations chirurgicales sur une jeune fille, âgée de dix-huit ans, qui portait sur le tronc huit loupes, opérée et guérie en 1819, par M. Dagorn. *Paris, Seignot*, 1822, in-8, fig. cart.

162. Savonarola (Johan. Mich.). De Febribus. *Finitur Bononiensis. Dyonis. de Bertochis impressit Mccccl.xxxxvij* (*Incomplet des ff. 18 et 21*). — Ejusdem incipit summæ de pulsibus (de urinis; de egestionibus). *Impressum Bononiæ, p. Henricum Harlez, anno M. ccccl.xxvij.* — De omnibus mundi balneis. *Impressum Bononiæ, anno* 1493, en 1 vol. in-fol. cart.

163. Observations sur les effets des vapeurs méphitiques sur le corps de l'homme, et sur les moyens de rappeler à la

vie ceux qui en ont été suffoqués, par M. Portal. *Paris, Méquignon le Jeune*, 1775, in-8, mar. r. fil. tr. dor.

164. La Chirurgie de Paul Ægineta ; item, un opuscule de Galien, des tumeurs contre nature, plus un opuscule de Galien, de la manière de curer par abstraction du sang. *Paris, les Angeliers*, 1541, pet. in-8. (*Notes sur les marges.*)

165. Liste littéraire philocophe, ou Catalogue d'étude de ce qui a été publié jusqu'à nos jours sur les sourds-muets, sur l'oreille, l'ouïe, la voix, le langage, la mimique, les aveugles et..... etc..... par Guyot. *Groningue, J. Oomkens*, 1842, in-8, br.

SCIENCES MATHÉMATIQUES.

166. Les Récréations mathématiques, avec l'examen de ses problèmes en arithmétique, géométrie, méchanique, cosmographie, optique, catoptrique, etc..... Premièrement reveu par D. Henrion ; depuis, par Mydorge. *Rouen, Vaultier*, 1669, in-8, vél.

167. Discours véritable des admirables apparences, mouvements et significations de la prodigieuse comète de l'an 1818, avec les démonstrations de la situation céleste, grandeur et distance de la terre, par Gilles Macé. *Caen, J. Brenousel*, 1619, pet. in-4, cart. (*Piqûres de vers dans la marge du fond.*)

168. Tractatus Petri de Eliaco episcopi Cameracensis super libros Metheororum, etc. *Impressum a Joh. Priis, Argentinæ*, 1504, in-4 de 26 ff. cart.

169. Traité de la guerre, ou politique militaire, par M. P. H. S. D. C. (Hay du Chastelet). *Amsterdam, Abr. Wolfganck. S. d.*, pet. in-12, vél.

170. Les Discours et questions militaires, par le s. de Praissac. *Rouen, J. Boulley*, 1628, 2 part. en 1 vol. in-8, vél.

171. Annibal et Scipion, ou les grands capitaines, avec les ordres et plans de batailles et les annotations, discours et remarques politiques de M. le comte de G. L. de Nassau. *La Haye, Steucker*, 1675, pet. in-12, dem.-rel.

172. Willebrordi Snellii a Royen, R. F. Tiphys Batavus, sive histiodromice, de navium cursibus et re navali. *Lugduni Batav., ex officina Elzeviriana*, 1624, in-4, dem.-rel. mar. v.

Exemplaire non rogné.

SCIENCES OCCULTES.

173. Le Comte de Gabalis, ou entretiens sur les sciences secrètes (par l'abbé de Villars). *Paris, Cl. Barbin*, 1670, in-12, cart.

174. Apologie pour les grands hommes soupçonnez de magie, par G. Naudé, Parisien. *Amsterdam, P. Humbert*, 1712, in-12, fig. v. gr.

Avec la signature de Gouye de Longuemare sur le titre.

175. Magiæ omnifariæ, vel potius, universæ naturæ theatrum..... auctore D. Strozzio Cigogna. *Coloniæ, sumptibus Conradi Butgenii*, 1607, in-8, dem.-rel. bas. n. rog.

176. Faij (Bartholomei) inquisitionum præsidis, Energumenicus, ejusdem Alexicacus, cum liminari, ut vocant, ad utrumque librum epistola. *Lutetiæ, apud Seb. Nivellium*. 1571, in-8, vél. de Hollande.

177. Dæmoniaci, hoc est de obsessis a spiritibus dæmoniorum hominibus, liber unus, auctore Petro Thycæo. *Lugduni, apud Joannem Pillehotte*, 1603, in-8, parch.

178. Ludovici Lavateri, theologi eximii, de spectris, lemuribus, variisque præsagitionibus, tractatus vere aureus. *Lugduni Batav., apud Henricum Verbiest*, 1659, pet. in-12, v. gr.

179. Traité sur les apparitions des Esprits, et sur les vampires, ou les revenans de Hongrie, de Moravie, etc., par le P. dom Aug. Calmet. *Paris, de Bure l'aîné*, 1751, 2 vol. in-12, v. marb.

180. Recueil de dissertations anciennes et nouvelles sur les apparitions, les visions et les songes, par M. l'abbé Lenglet Dufresnoy. *Avignon et Paris, J.-N. Leloup*, 1752, 2 vol. in-12, v. marbr.

181. De Alchimia Opuscula complura veterum philosophorum, quorum catalogum sequens pagella indicabit. *S. l. n. d.*, in-4, dem.-rel. mar. r.

182. Œuvre royale de Charles VI, roy de France. *S. l. n. d.* (*Paris*, 1629), pet. in-8, v. br.

183. Viridarium chymicum figuris cupro incisis adornatum, et poeticis picturis illustratum, authore M. Daniele Stolico de Stolcenberg. *Francofurti, sumptibus Lucæ Jeunisi*, 1624, pet. in-8 obl. fig. v. gr.

Manque la légende de la figure 54.

184. Traicté de la vraye, unique, grande et universelle médecine des anciens ; dite des regens or potable, par David de Planis Campy. *Paris, François Targa*, 1633, pet. in-8, vél.

185. Abbas Joachim magnus propheta. *Venetiis, per B. Benalium, s. d.* (1516), pet. in-4, n. rel.

186. Prognosticatio Johannis Liechtenbergers, quam olim scripsit super magna illa Saturni ac Iouis conjunctione. *Coloniensis, Petri Queutel*, 1526, in-4, fig. sur bois vél.

BEAUX-ARTS.

187. Sentiments sur la distinction des diverses manières de peinture, dessin et gravure, et des originaux d'avec leurs copies, par A. Bosse. *Paris*, 1649, in-12, fig. vél.

188. Considérations historiques et critiques sur les vitraux anciens et modernes et sur la peinture sur verre, par Em. Thibaud. *Clermont*, 1846, in-8, fig. br.

189. Catalogue des tableaux, peintures à gouache, miniatures, desseins, etc., du cabinet de M. Van Schorel. *Anvers, J. Grange*, 1774, in-8, bas.

190. Catalogue raisonné d'objets d'arts du cabinet de feu M. de Silvestre, par F.-L. Regnault-Delalande. *Paris*, 1810, in-8, dem.-rel. v. v.

191. Traité des manières de graver en taille-douce sur l'airain, par le moyen des eaux-fortes, par Abr. Bosse. *Paris*, 1645, in-8, fig. v. br.

192. La Danse des morts (par Holbein). *Bâle, Mœhly-Lamy*, 1843, in-16, fig. sur bois, br.

193. La Danse des morts. Eglise de la Chaise-Dieu (Auvergne). In-4, collé sur toile en rouleau, dans un étui.

194. Nota dei Capitoli delle sette Tavoli dell'Apocalisse di S. Giovanni, inventate da L. Sabatelli, e riprodotte da V. Sanghi. *S. l. n. d.* In-fol., 7 pl. sur chine, cart.

195. Delille. Figures pour ses œuvres; 10 planches in-fol. sur chine et avant la lettre.

196. Liste de portraits omis dans le père Lelong, collection possédée et décrite par Soliman Lieutaud. *Paris*, 1844, in-8, n. rel.

197. Les Dix Livres d'architecture de Vitruve, corrigez et traduits avec des notes et des figures, par M. Perrault. *Paris, J.-B. Coignard*, 1684, in-fol. fig. par Séb. Le Clerc, Le Pautre, Edelynck, etc., v. gr.

198. Les Églises gothiques. *Paris, J. Angé et Cie*, 1837, in-12, br.

199. Notice sur la construction de la chapelle Saint-Louis, érigée par Louis-Philippe Ier, sur les ruines de l'ancienne Carthage, près de Tunis. *Paris, impr. de Fain et Thunot*, 1841, in-4, fig. dem.-rel. mar. v.

200. Chapelle sépulcrale de Dreux. Description de la chapelle de Dreux et des sépultures qu'elle renferme. *Paris, impr. de Fain et Thunot*, 1847, gr. in-4, fig.

201. Fabriche e disegni di Giacomo Quarenghi, architetto, illustrate dal Cav. Giulio. *Milano, Ant. Tosi*, 1821, in-fol. pap. vél. pl. cart. n. rog.

202. The Seats of the nobility and gentry, in a collection of the most interesting and picturesque views, engraved by Watts. *Chelsea*, 1779, in-4 obl. 83 fig. v. marbr.

203. Coup d'œil sur Belœil (par Charles-Joseph, prince de Ligne). *A Belœil*, 1781, in-8, v. m.

Rare. Tiré à petit nombre.

204. Des Décorations funèbres, par le P. C.-F. Menestrier. *Paris, J.-B. de la Caille*, 1684, in-8, fig, v. gr.

205. Tre Discorsi sopra il modo d'alzar le acque da luoghi bassi per adacquar terreni, etc. (di Giuseppe Ceredi). *Parma, Viotti*, 1567, in-4, fig. sur bois, vél.

Ouvrage rare. La signature de la dédicace fait connaître le nom de l'auteur.

206. Le Istituzioni harmoniche del Reverendo M. Gioseffo Zarlino da Chioggia. *In Venetia, appresso Francesco Senese*, 1562, in-fol. demi-rel. bas.

ARTS DIVERS.

207. Alphabet, ou Recueil de 57 feuillets d'alphabets historiés et fleuronnés, tirés des anciens manuscrits, par Silvestre. In-fol. demi-rel. mar. v.

208. Il Vero Modo di scrivere in cifra di M. G. B. Bellaso. *Bressa, Jacobo Britanico*, 1564, in-4, cart.

209. De brevibus litterarum notis, vulgo de Ziferis, libri quinque, Jo. Bapt. Porta auctore. *Neapoli, apud Joan. Bapt. Subtilem*. 1602, in-fol. bas.

210. La Science pratique de l'imprimerie, contenant des instructions très-faciles pour se perfectionner dans cet art

(par Martin-Domini Fertel). *Saint-Omer, M. D. Fertel*, 1723, in-4, cart. (*Piqûres de vers.*)

211. Manuel typographique, par H. Fournier. *Paris*, 1764, 2 vol. in-12, fig. bas.

212. Les Caractères de l'imprimerie, par Fournier. *Paris*, 1764, in-8, demi-rel. v. f. n. rog.

213. Traité de la typographie, par H. Fournier. *Paris, impr. de H. Fournier*, 1825, in-8, br.

214. Hieronymi Mercurialis de arte gymnastica libri sex. *Parisiis, apud Jacobum du Puys*, 1577, in-4, demi-rel. bas.

215. Ordini di cavalcare et modi di conoscere le nature de i cavalli, emendare i vitii loro... da Ferd. Grisoni. *Venetia, Vincenzo Valgrisi*, 1552, pet. in-8, cart.

216. La Danse ancienne et moderne, ou traité historique de la danse, par M. de Cahusac. *La Haye, Jean Neaulme*, 1754, 3 vol. pet. in-12, br.

217. Essai sur la chasse au fusil (par Magné de Marolles). *Paris, Th. Barrois*, 1781, in-8, br. n. rog.

218. Recueil de 9 pièces sur les chasses publiques. In-4 et in-8. br.

219. Conseils aux chasseurs sur le tir, les armes, munitions et ustensiles du chasseur... par H. Robinson. *Paris*. 1860, in-18, fig. br.

220. *Tre Libri de gli uccelli da rapina, di M. Frac. Sforzino da Corcano. *Venetia, Gioliti*, 1585, pet. in-8, bas.

BELLES-LETTRES.

LINGUISTIQUE.

221. Mélanges sur les langues par MM. Charpentier, Duhamel, Geruzez, L. Montey, Peignot, Pougens, Ph. Chasles, Volney, etc. 12 vol. in-8, demi-rel. v. viol.

222. Grammaire générale et raisonnée (de Port-Royal). *Paris, Pierre le Petit*, 1664, in-12, v. gr.

223. Introductio in chaldaicam, syriacam et armenicam linguam, Theseo Ambrosio authore. *Papiæ*, 1539, in-4, vél.

Volume rare. Il est composé d'alphabets orientaux et d'autres imaginaires, tel que celui du diable. Au folio 178 se trouve la figure d'un nouvel instrument de musique. Il y a des détails curieux pour l'histoire musicale et artistique de la ville de Pavie, etc., etc. Exemplaire court de marges.

224. Méthode très-facile pour pouvoir apprendre les principes du latin en un an par le moyen de six entretiens en latin et en françois. *Nancy*, *N. Charlot*, 1728, in-8, cart.

225. Petit Jardin pour les enfants, fort agréable pour apprendre le latin (par Fontaine). *Paris*, 1617, in-12, v. f.

226. Détachements de la langue primitive, celle des Parisiens avant l'invasion des Germains, la venue de César, et le ravage des Gaules, par M. le Brigant, avocat. *Paris*, *Cailleau*, 1787, in-8, cart.

227. La Nomenclature et les dialogues familiers enseignans parfaitement les langues françoise, italienne et espagnole, par le sieur Juliani. *Paris*, *Estienne Loyson*, 1668, in-12, vélin.

228. Traité de l'ortographe françoise, ou recueil très-curieux de quantité de mots et de diverses expressions, etc., par J. Barbe. *Genève*, *de Tournes et Jaquier*, 1701, in-12, v. gr.

229. L'Apothéose du Dictionnaire de l'Académie et son expulsion de la région céleste (par Richelet). *La Haye*, *Arnout Leers*, 1696, in-12, v. gr. (*Aux armes.*)

230. L'Enterrement du Dictionnaire de l'Académie (attribué à Furetière), *s. l.*, 1697. — L'Apothéose dn Dictionnaire de l'Académie, et son expulsion de la religion céleste (par le même). *La Haye*, 1696, in-12, demi-rel. v.

231. Factum pour messire Antoine Furetière, abbé de Chalivoy, contre quelques-uns de l'Académie françoise. *Amsterdam*, *Desbordes*, 1695, in-12, vél.

232. Suite des remarques nouvelles sur la langue françoise (par le P. Bouhours). *Paris*, *G. et L. Josse*, 1692, in-12, v. gr.

233. Remarques et décisions de l'Académie françoise recueillies par M. L. T. (l'abbé Tallemant). *Paris*, *J.-B. Coignard*, 1698, in-12, v. gr.

234. Doutes sur la langue françoise proposez à MM. de l'Académie françoise par un gentilhomme de province (par le R. P. Bouhours). *Paris*, *Sébast. Mab.-Cramoisy*, 1674, in-12, v. gr.

235. Des Mots à la mode et des nouvelles façons de parler (par de Callières). *Paris*, *Claude Barbin*, 1692, in-12, v. gr.

236. Le Génie de la politesse, l'esprit et la délicatesse de la langue françoise. *Paris*, *Jean et Pierre Cot*, 1705, in-12, cart.

237. Dictionnaire néologique à l'usage des beaux esprits du siècle, avec l'éloge de Pantalon-Phœbus, par un avocat de province (par l'abbé des Fontaines). *Amsterdam et Leipzig*, *Arkstée et Merkus*, 1750, in-12, v. gr.

238. Vocabulaire du Berry et de quelques cantons voisins, par un amateur du vieux langage (par le comte Jaubert). *Paris*, *Roret*, 1842, in-8, fig. cart.

239. Les Joyeuses Recherches de la langue tolosaine, par Cl. Odde, de Ticois. *Paris*, *Janet*, 1847, in-8, br.

240. Nouvelle Méthode pour apprendre facilement et en peu de temps la langue italienne (par Lancelot). *Suivant la copie de Paris*, *à Bruxelles*, *Eug.-Henri Fricx*, 1677, petit in-12, bas.

241. Le Guidon de la langue italienne, par Nathanael Duez, avec trois dialogues familiers et une guirlande de proverbes. *Amsterdam*, *Louys et Daniel Elzevier*, 1659, pet. in-8, demi-rel. v. f.

242. Osservationi nella volgar lingua di Lodovico Dolce, divise in quatro libri. *In Vinegia*, *appresso Gabr. Giolito*, 1550, in-8, vél.

243. Thesoro de diversa lecion... Trésor de diverses leçons, dans lequel il y a XXII histoires très-véritables, par Ambrosio de Salazar. *Paris*, *L. Boullanger*, 1637, pet. in-8, portr. v. gr.

244. Dialogos en español y françes. Dialogues en françois et espagnol, par César Oudin. *Bruxelles*, *Fr. Foppens*, 1663, in-12, vél.

RHÉTORIQUE.

245. Oraison consultatoire d'Isocrate faicte devant Nicoclès, roi de Cypre, sur les debvoirs des sujets envers leur prince, trad. du grec par P. Adam de Vuasigny. *Lyon*, 1549. — Du même : Oraison panégyrique, où est descript le gouvernement d'une république, etc., traduit par le même. *Lyon*, 1548, in-8, vél.

246. Gulielmi Paielli, equitis Vicentini, laudatio in funere illustris Bartholomæi Colei, exercitus Venetorum imperatoris. *Vicentiæ*, 1476, pet. in-4, vél. (*Raccommodages.*)

247. Oratio de Francisci Medices magni, Etruriæ ducis, laudibus, habita ab Aldo Manuccio. *Florentiæ, Georgii Marescotti*, 1587, in-4, cart.

248. Recueil des oraisons funèbres prononcées par J.-B. Bossuet. *Paris, Dezallier*, 1691, in-12, v. f.

249. Oraison funèbre de Louis XV, roi de France et de Navarre, prononcée dans l'église de Notre-Dame la Grande à Valenciennes, le 23 juin 1774, par le R, P. Maurant de Grécourt, carme déchaussé. *Valenciennes, J.-B.-G. Henry*, 1774, in-4, n. rel.

250. Oraison funèbre de Mme T. (Tiquet). — Lettre du P. C. à mademoiselle.., sur l'oraison funèbre de Mme T... — Lettres de Mme de P... — Portrait de M. de Court, par l'abbé Genest. *Paris*, 1696, pet. in-8, vél.

Madame Tiquet, exécutée en 1669 pour avoir attenté à la vie de son mari.

POÉSIE.

Introduction. — Poètes grecs et latins.

251. Réflexions critiques sur la poésie et sur la peinture, par l'abbé Du Bos. *Paris, Pissot*, 1755, 3 vol. in-12, v. m.

252. Réflexions critiques sur la poésie et sur la peinture, par M. l'abbé Du Bos. *Paris, Pissot*, 1770, 3 vol. in-12, demi-rel. mar. v.

253. Quatre Traitez de poésies latine, françoise, italienne et espagnole (par Lancelot). *Paris, Pierre le Petit*, 1663, in-8, v. gr.

254. La Poetica de M. Giovan Giorgio Trissino. *Stampata in Vicenza, per Tolomeo Janiculo*, 1529, in-4, vél.

255. L'Apollon françois, ou l'Abrégé des règles de la poésie françoise, par L. I. L. B. (Les Isles le Bas) G. N. *Rouen, Courant*, 1674, pet. in-8, cart.

256. Virtutum Encomia sive gnomæ de virtutibus ex poetis et philosophis utriusque linguæ excerptæ græcis versibus adjecta interpretatione H. Stephani. *S. l.*, 1573, pet. in-8, vél.

257. Homeri opera, græce. *Florentiæ, Nerli*, 1488, 2 vol. in-fol. v.

Première et précieuse édition.

Les deux feuillets préliminaires, contenant l'épître latine de Bernard Nerli à Pierre de Médicis et la préface grecque de D. Chalcondyle, manquent. Le texte de l'Iliade et de l'Odyssée est complet ; mais il s'y trouve diverses défectuosités, des taches et des feuillets remmargés. Quelques parties sont très-bien conservées.

258. Remarques sur Homère, avec la traduction de la préface de l'Homère anglais de M. Pope, etc. (par Martin). *Paris, Gabriel Martin*, 1728, in-12, v. f. (*Exemplaire de Soubise.*)

259. Pindari Olympia, Pythia, gr. cum scholiis. *Francofurti*, 1542, in-4, mar. br. compart. à fr. (*Thompson.*)

Édition donnée sur celle de Calliergi. Rome, 1515.

260. Le Pindare thébain, traduction meslée de vers et de prose, par le sieur de Lagausie. *Paris, Jean Laquehay*, 1626, pet. in-8, fig. v. gr. fil.

261. Callimachi Hymni, gr. *Parme, Bodoni*, 1792, gr. in-fol. rel.

Imprimé en lettres capitales.

262. Interpretatio antiqua ac perutilis in Apollonii Rhodii Argonautica. *S. l.*, 1541, pet. in-8, demi-rel. dos et coins de mar. br. (*Capé.*)

263. Apollinarii interpretatio Psalmorum, versibus heroicis (græcis). *Parisiis, apud Adr. Turnebum*, 1542, in-8, cart. dos de percal.

Exemplaire grand de marges.

Sur le titre se trouve la signature biffée, mais très-lisible, de P. Castellanus (Duchastel), évêque de Mâcon, le protecteur de Robert Estienne. On y a joint un double titre qui porte quatre vers latins de Janus Ulitius, avec sa signature.

264. Erotopægnion, sive Priapeia veterum et recentiorum, Veneri jocosæ sacrum. *Lutetiæ Parisiorum, apud C. F. Patris*, 1798, in-12, fig. pap. vél. demi-rel. bas.

Sans la figure.

265. Virgilii Georgica, cum commento. *Parisiis*, 1495, in-4, goth. (*Marque de André Bocard sur le titre.*)—Expositio hymnorum. *Parisiis*, 1497, in-4, gothique. (*Marque de Anthoine Denidel sur le titre.*)

266. L'Enfer burlesque, ou le sixiesme livre de l'Æneide travestye. *Anvers, Baltazart Morel, s. d.*, in-12, vél.

267. Quintus Horatius Flaccus. *Lutetiæ, Rob. Stephani*, 1613, in-12, v. ant. fil. tr. dor.

268. P. Ovidii Nasonis Metamorphoseon libri XV, cum notis Th. Farnabii. *Amstelædami, J. Blaeu,* 1650, in-12, titre gr. cart. n. rog.

269. Les Épistres d'Ovide, traduites en vers françois avec des commentaires fort curieux, par Claude Gaspar Bachet, s. de Meziriac. *Bourg-en-Bresse, Jean Tainturier*, 1626, in-8, v. gr.

270. Phædri Augusti liberti fabularum Æsopiarum libri quinque. *Parisiis, apud Coustelier,* 1742, in-12, fig. v. f.

271. M. Annæi Lucani civilis Belli libri. *S. l. n. d.*, in-8, v. f. fil. tr. dor.

Édition faite à l'imitation des Aldes.

272. M. Annæi Lucani Pharsalia sive de bello civili Cæsaris et Pompeii, libri X. *Amsterodami, Ludovici Elzevirii,* 1651, in-16, mar. r. tr. dor.

273. Marci Annæi Lucani Pharsalia, sive de bello civili, libri X. *Glasguæ, Roberti Urie,* 1751, pet. in-8, v. f. fil.

274. Persius enucleatus, sive commentarius in Persium, studio Dan. Wedderburn. *Amstelod., D. Elzevirius,* 1666, pet. in-12, br.

Exemplaire non rogné.

275. Carmina quinque illustrium poetarum (P. Bembi, A. Naugerii, B. Castilloni, J. Cottæ, M. A. Flaminii). *Florentiæ, apud Laurent. Torrentinum,* 1549, in-8, vél.

276. Petri d'Ebulo carmen de motibus siculis, et rebus inter Henricum VI, Romanorum imperatorem, et Tancredum gestis, edidit Samuel Engel. *Basiliæ, Em. Thurnisii,* 1746, in-4, v. m.

Les figures sont tirées des manuscrits du moyen âge.

277. Franc. Philelfi satyrarum libri. *Mediolani, Valdarfer,* 1476, pet. in-fol. car. r.

Très-rare. Piqûres de vers.

278. Hieronymi Phalethi Savonensis poematum libri septem. *Apud inclytam Ferrariam per Franciscum Rubeum,* 1546, pet. in-8, vél.

279. P. Gregorii Tiferni poetæ opuscula (J. Pontani Næniæ et epigrammata; Fr. Octavii elegiæ et epistolæ; Sulpitiæ carmina, etc.) *Impressum Venetiis, p. Bernardinum Venetum,* 1498, pet. in-4, demi-rel. mar. r.

280. P. Fausti Andrelini Foroliviensis epistole proverbiales et morales. *Argentorati, Schurerius Schletstanus,* 1508, in-4, cart.

281. Ad divum Max. Æmilianum Romanorum imperatorem Henrici Glareani Helvetii poetæ laure., panegyricon ejusdem de situ Helvetiæ, de quatuor Helvetiorum pagis. *Basileæ*, 1515, in-4, br. rog.

Avec la gravure des armoiries des seize cantons.

282. Centum Ptolemæi Sententiæ ad Syrum fratrem, a Pontano e græco in latinum translatæ atque expositæ. Ejusdem Pontani libri XIII de rebus cœlestibus. Liber etiam de luna imperfectus. *Venetiis, in ædibus Aldi et Andr. soceri*, 1519, in-4, demi-rel. m. r.

283. Octavii Cleophili... libellus de cœtu poetarum. *Susati*, 1517, in-4, demi-rel. v. f.

284. Jacobi Sannazarii Opera omnia. *Lugduni*, 1569, in-16, v. br. fil. tr. dor.

285. Abrahami Remmii Eloquentiæ Professoris et Poetæ Regii poemata. *Parisiis*, 1645, in-12, vél.

286. Poemata latina (auctore Mosant de Brieux). *Cadomi, apud Joannem Cavelier*, 1658, in-4, cart.

287. Jacobi Mosanti Briosii Poemata. *Cadomi, J. Cavelier*, 1663, in-8, parch.

288. Speculum vitæ aulicæ de admirabilii fallacia et astucia vulpeculæ Reinickes libri IV.,. auctore Hart. Schoppero. *Francofurti ad Mœnum*, 1574, in-12, fig. sur bois de J. Amman, cart.

289. Speculum vitæ aulicæ de admirabili fallacia et astutia vulpeculæ Reinikes libri quatuor, auctore Hartmanno Schoppero. *Francof. ad Moen.*, 1595, in-12, fig. sur bois de Jost. Amman, vél.

290. Gulielmi Paradini Anchemani epigrammata, accessit Francorum regum series, cum notis annorum quibus singuli inierunt principatum : eodem authore. *Lugduni, apud Ant. Gryphium*, 1581, pet. in-4, v. f. fil. tr. dor.

291. Jacobi Aug. Thuani Poemata sacra. *Lutetiæ, apud Mamertum Patissonium*, 1599, in-12, vél. tr. dor.

292. Joannis Bonefonii Patris, Arverni, Opera omnia. Avec les imitations françaises de Gilles Durant. *Amstelodami*, 1727, in-12, v. gr.

Les Gayetez amoureuses se trouvent à la fin du volume.

293. Calvidii Leti Callipædia, seu de Pulchræ Prolis habendæ ratione poema didacticon ad humanam speciem belli conservandam apprime utile. *Lugduni Batavorum, apud Thomam Jolly*, 1655, pet. in-4, vél.

Édition originale de la Callipédie de Quillet, où le cardinal Mazarin est fort attaqué. L'auteur, ayant supprimé ce passage et cette édition, obtint une abbaye.

294. Joan. de Bussieres, Scanderbegus, poema. *S. l.* (*Lugduni*), *sumptibus Guill. Barbier, in vico Mercatorio*, 1660, in-8, fig. vél.

295. Augustini Nicolai Bisuntini Parthenope furens, carmen exametrum, continens genuinam neapolitanæ seditionis historiam. *Parisiis*, 1670, ejusdem Lyricorum libri tres. *Divione*, 1670, in-4, vél.

296. *Nicolai Parthenii Piscatoria et Nautica. *Neapoli*, 1685, pet. in-8, fig. v. gr. (*Aux armes.*)

297. Antonius de Arena Provençalis de Bragardissima villa de Soleriis ad suos compagnones, etc. *Londini*, 1758, in-12, br.

Poëtes français.

298. De l'État de la poésie françoise dans les XIIe et XIIIe siècles, par B. de Roquefort - Flamericourt. *Paris, Fournier*, 1815, in-8, demi-rel. v. v. n. rog.

299. Amours du bon vieux temps (Aucassin et Nicolette, fabliau en vers et en prose, mis en français moderne par Lacurne de Sainte-Palaye.) *Paris*, *Duchesne*, 1756, in-8, demi-rel. v. ant.

300. L'Ordene de chevalerie (poëme de Hues de Tabaric, chastelain d'Angoulême), avec une dissertation sur l'origine de la langue française, etc. (par Barbazan). *Lausanne et Paris*, *Chaubert*, 1759, pet. in-8, demi-rel, bas.

301. Les Poésies de Guillaume Coquillart. *Paris, A.-U. Coustelier*, 1723, pet. in-8, v. gr.

302. Les Œuvres de Clément Marot. *Rouen*, *Raphaël du Petit-Val*, 1596, in-12, demi-rel. (*Titre taché.*)

303. Les Œuvres de Clément Marot. *Lyon*, *Jean Gauthier*, 1597, in-16, vél.

304. Sonnets spirituels, de feue très-vertueuse et très-docte dame Sainte-Anne de Marquets, religieuse à Poissi. *Paris*, *Cl. Morel*, 1605, in-8, fig. (*Piqûres de vers.*)

305. Les Œuvres de François de Malherbe, avec les observations de M. Ménage. *Paris*, *Barbou*, 1723, 3 vol. in-12, portr. v. gr.

306. Odes sacrées dont le sujet est pris dans les pseaumes de David, par messire Honorat de Bueil. *Paris*, *Jean Dubray*, 1651, in-8, cart.

307. Le Pasquie, ou Plainte sur la réformation des habits. *S. l. n. d.*, 4 ff. in-8, n. rel. (*En vers.*)

308. Les Œuvres du sieur de Saint-Amant. *Sur l'imprimé à Paris*, 1632, in-4, parch.

309. La Lyre, l'Orphée, Meslanges du sieur Tristan. *Paris, Aug. Courbé*, 1641, in-12, front. gr. n. rel.

310. Raillerie universelle, dédiée aux curieux de ce temps, en vers burlesques, précédée d'un avertissement par Ch. V. S. *Lille, Leleu*, 1857, in-12, br.

Tiré à 162 exemplaires, un des 150 sur papier de Hollande.

311. Recueil de quelques vers burlesques de M. Scarron. *Paris, Toussainct Quinet*, 1645, in-4, v. ant.

312. Reproche de saint Pierre et des deux larrons à Judas sur la douloureuse passion de Nostre Sauveur Jésus-Christ. (en vers). *Paris, Musnier*, 1649, in-4, 4 ff. demi-rel.

313. Le Journal poétique de la guerre parisienne, par Questier dit Fort-Lys. *Paris, veuve Ant. Coulon*, 1649, in-4, demi-rel. v. br.

314. La Miliade, ou l'Éloge burlesque de Mazarin, pour servir de pièce de carnaval (en vers). *S. l.*, 1651, in-4, demi-rel. v. gris.

315. Le Courrier burlesque de la guerre de Paris, envoyé à monseigneur le prince de Condé pour divertir Son Altesse durant sa prison (par Saint-Julien). *Anvers*, 1650, pet. in-12, vél.

316. Les Œuvres poétiques et sainctes du R. P. Martial de Brive, capucin, augmentées et recueillies par le sieur Dupuis. *Lyon, Alexandre Fumeux*, 1655, in-4, n. rel.

317. La Passion de Nostre-Seigneur, en vers burlesques, dédiée aux âmes dévotes. *Paris, Jean Rémy*, 1649, in-4 de 4 feuillets, demi-rel.

318. Hymne de sainte Geneviefve, patronne de la ville de Paris, par A. G. E. D. G. *Paris, Pierre le Petit*, 1652, in-4, cart.

319. Les Chevilles de Me Adam, menuisier de Nevers; seconde édition. *Rouen, Jacques Cailloué*, 1656, in-8, vél.

320. Diverses Poésies de Jean Regnault de Segrais. *Paris, Ant. de Sommaville*, 1658, in-4, v. gr.

Edition originale.

321. Description de la ville d'Amsterdam en vers burlesques, par Pierre le Jolle. *Amsterdam, Jacques le Curieux*, 1666, pet. in-12, v. gr.

322. Contes et Nouvelles en vers de monsieur de la Fontaine. *Amsterdam, H. Desbordes*, 1685, 2 tom. en 1 vol. in-12, fig. de Romain de Hooghe, v. gr.

323. Les Œuvres posthumes de M. de la Fontaine. *Lyon, Amaulry*, 1696, in-12, v.

324. Satires du sieur D*** (Boileau-Despréaux). *Paris, Louis Billaine*, 1668, in-8, fig. v. gr.

Troisième édition originale, extrêmement rare; elle manquait à M. Walckenaer.

325. Œuvres posthumes de M. Boileau-Despréaux. *Amsterdam*, 1711, pet. in-8, v. f. fil.

326. Stances chrestiennes sur divers passages de l'Escriture sainte et des Pères, par le Sr Testu. *Paris, Claude Barbin*, 1684, pet. in-12, v. gr.

Exemplaire de Viollet-le-Duc.

327. Discours satyriques et moraux, ou Satyres générales (en vers, par L. Petit). *Rouen et Paris, veuve Blageard*, 1686, in-12, v. gr.

228. Essai du nouveau conte de ma mère l'Oye, ou les enluminures du jeu de la Constitution (par l'abbé Débonnaire). *S. l.*, 1722, in-8, v. br.

329. Satyre sur les femmes, par L***. *S. l.*, 1703, in-12, v. gr.

330. Pièces de poésies françoises et latines, qui ont remporté le prix de l'Académie de l'Immaculée Conception de la Très-Sainte Vierge, fondée au couvent des RR. PP. Carmes de Rouen, en l'année 1750. *Rouen, Laurent Dumesnil*, 1750, in-8, cart.

331. Les Éternueurs, poëme parodi-comico-burlesque. *Amsterdam*, 1758, in-16, cart.

332. Recueil de poésies de différens auteurs (Sr Lambert, de Plélo, etc.). *S. l.*, 1759, in-8, br.

Publié probablement par madame d'Epinay.

333. Mémoire en vers, au sujet de l'interprétation de l'article 1er de l'Uzement de Nantes, en réponse à un autre mémoire en vers, par Maugendre. *Rennes, Vatar*, 1764, in-8, broch.

334. Recueil des opuscules posthumes de M. Lormeau de la Croix. *Paris, imprimerie de Monsieur* (*Didot jeune*), 1787, in-12, br.

Tiré à petit nombre.

335. La Henriade de M. de Voltaire. *Londres*, 1728, in-4, cart.

Édition dédiée à la reine d'Angleterre, et la première sous le titre de : *la Henriade.*

336. Cantiques nouveaux de saint Charles Borromée et de sainte Catherine d'Alexandrie, tirés d'un manuscrit. *A l'Isle sonnante, chez Michel Couplet*, 1779, in-8, fig. cart.

337. Nouveau Recueil des meilleurs contes en vers (publié par Sautereau de Marsy). *Paris*, 1784, in-8, br.

338. Le Lucrèce français, fragment d'un poëme, par Sylvain M*** L. *Paris, an VI*, in-8, cart.

339. Noei borguignon de Gui Barôzai. *Ai Dioni, ché Abranlyron de Modene*, 1720, pet. in-8, v. marb.

340. La Paysade, poëme héroï-comique en vers auvergnats, par C.-A. Ravel. *Clermont-Ferrand, s. d.*, in-8, br.

341. Las Obros de Pierre Goudelin, augmentados de forço péssos, et le dictionnari sus la lengo moundino. *Toulouso*, 1694, in-12, v. gr.

342. De la Légitimité du nom de Goudelin, appliqué à l'auteur du Ramelet moundi, par J.-B. N. *Toulouse, Lavergne*, 1843, in-8, demi-rel. mar. n.

343. Pouésias patouèzas del taralie J.-A. Peyrottes. *Montpellier*, 1840, in-8, demi-rel. v. f.

344. Fables, contes et autres poésies patoises, par F.-R. Martin fils. *Montpellier, Renaud*, 1805, in-8, br.

345. Recüil de pouesiés prouvençalos de M. T. G (Gros), de Marsillo. *Marseille*, 1734, in-8, demi-rel. mar. r. n. rog.

Première édition.

346 Recuil de pouesiés prouvençalos de F. T. Gros de Marsillo. *Marseille*, 1763, in-8, br.

347. Contes en vers prouvençaux (par l'abbé Vigne). *S. l.*, 1806, pet. in-8 de 16 pages, demi-rel. v. f.

348. Lou Bouquet provençaou vo leis troubadours revioudas. *Marsillo*, 1823, in-12, demi-rel. v. f. n. rog.

Poètes italiens.

349. Rime di diversi antichi autori toscani in dodici libri raccolte. *Venezia, Simone Occhi*, 1740, in-8, vél.

350. Delle Rime scelte di diversi autori, di nuovo corrette e ristampate. *In Venetia*, 1586, 2 vol. in-12, demi-rel. bas. (*Piqûres de vers.*)

351. Rime del Brocardo et d'altri authori. *Stampata in Venetia*, 1538, pet. in-8, vél.

352. Opere burlesche di M. Francesco Berni, di Meser Gio. della Casa, del Varchi, del Mauro, del Dolce. *In Venetia, per Dominico Giglio*, *s. d.* (1566). 2 tomes en 1 vol. pet. in-8, v. f.

353. Raccolto d'alcune piacevoli rime. *Parma, heredi di Seth. Viotto*, 1582 ; pet. in-12, vél. tr. dor.

354. Commedia di Dante insieme con uno dialogo circa el sito, forma et misure dello Inferno. *In Firenze*, 1506, pet. in-8, fig. vél.

355. Il Petrarca, con l'Espositione d'Alessandro Vellutello di nuovo ristampato, con le figure a i Triomphi. *Vinegia, G. Giolito*, 1550, in-4, fig. sur bois, vél.

356. Il Petrarca. Nuovamente revisto, e ricorretto da M. Lodovico Dolce. *In Venegia*, 1557, pet. in-12, pl. v. ant. fil.

357. Les Œuvres amoureuses de Pétrarque, traduites en françois avec l'italien à costé, par le sieur Placide Catanusi. *Paris, Estienne Loyson*, 1669, in-12, v. f.

358. Opere di Hieronymo Benivieni. *In Firenze, Philippo di Giunta*, 1519, pet. in-8, parch.

359. Opere di Girolamo Benivieni Fiorentino, novissimamente revedute et da molti errori espurgate. *Stampata in Venetia per Nicolo Zopino*, 1522, pet. in-8, cart.

360. Delle Rime di M. Pietro Bembo. *In Vinegia, per Giov. Ant. de' Nicolini da Sabio*, 1535, in-4, br.

361. Caccia bellissima del reverend. Egidio, co'i dilettevoli amori di messer Girolamo Beniveni, et cinque capituli del S. conte Matteo-Maria Boiardo sopra il timore Zelosia. *Vinegia, Zoppino*, 1537, pet. in-8, vél.

362. La Coltivatione di Luigi Alamani al Christianissimo re Francesco primo. *Stampato in Parigi, da Ruberto Stephano*, 1546, in-4, mar. n. dent.

Avec la dédicace à la Dauphine, Catherine de Médicis. Bel exemplaire.

363. Opera nuova del magnifico cavaliero messer Antonio Phileremo Fregoso laqual tratta de doi philosophi. *In Venetia, per Matthio Pagan, in Frezaria*, 1554, pet. in-8, vél.

364. Dialogo de fortuna del magnifico cavalliero Antonio Phileremo Fregoso. *Stampata nella inclita città di Vinegia per Nicolo Zoppino*, 1525, pet. in-8 v.

365. Sette libri di satire di Lodovico Ariosto, Hercole Bentivogli, Luigi Alamanni, etc. *In Venetia*, 1560, pet. in-8, vél. doré.

366. Rime et prose di M. Giovanni della Casa. *In Vinegia, Nicolo Bevilacque*, 1558, in-4, vél.

367. Di M. Giulio Camillo tutte le opere. *Vinegia, Giolito*, 1552, pet. in-12, vél.

368. Potentia d'amore, sonetti, strambotti, capitoli, canzoni, barzellette. *Bologna, ad instantia de Hippolito detto il Ferrarese*, 1538, pet. in-8, cart.

369. Rime di M. Alessandro Lionardi. *In Venetia, al segno del Griffio*, 1547, in-8, vél.

370. Sei Dubbi amorosi trattati academicamente ad istanza di dama nobile, da Gio. Francesco Loredano. *In Venetia, appresso li Guerigli*, 1552, pet. in-12, vél.

371. Rime del commendatore Annibal Caro. *Venetia, appresso Aldo Manutio*, 1569, in-4. v. f.

372. Rime spirituali del signor Torquato Tasso, nuovamente raccolte e date in luce. *In Bergamo, per Comin Ventura*, 1597, in-4, demi-rel. v. v.

373. Nuova Scielta di rime del sig. Gherardo Borgogni. *In Bergamo*, 1592, 2 vol. in-16, vél.

374. Il Libro del Perchè, colla Pastorella del cav. Marino e la novella dell'Ang. Gabriello. *In Pelusio*, MMMDXIV, in-12. demi-rel. dos et coins de mar. bl. tr. dor.

375. La Presa e il Giuditio d'amore in rima, per Archangelo Tucquaro. *Parigi*, 1602, in-8, vél. compact. tr. dor. (*Jolie rel. anc.*)

376. Vaghi e dilettevoli Giardini di Cingaresche d'Alfonso Tosi. *In Bologna, per Bartolomeo Cochi*, 1611, pet. in-8, n. rel.

377. Opere poetiche del M. illustre sig. cavalier Battista Guarini. *In Venetia, appresso Nicolo Misserini*, 1621, in-32, fig. mar. r. fil. tr. dor. (*Rel. anc.*)

Piqûres de vers.

378. Satire di Salvator Rosa. *Amsterdam, Severo Prothomastix, s. d.*, in-12, cart. n. rog.

379. Corona di sacre canzoni o laude spirituali di più divoti autori date in luce da Matteo Conferati, con l'aggiunta delle loro arie in musica. *Firenze*, 1675, in-12, parch.

Collection très-rare.

380. Il Malmantile racquistato di Lorenzo Lippi. *Parigi*, 1768, in-12, portr. mar. v. fil. tr. dor.

381. Opere di Giulio Cesare Cortese in lingua napoletana. *Napoli, Novello de Bonis*, 1666, 5 part. en 1 vol. in-12, demi-rel.

Édition rare, dont il est difficile de trouver les cinq parties réunies.

382. Bacco in Boemia, ditirambo di Pietro Dominico Bartoloni da Empoli, in onore del vino di Melnich. *Stampato in Praga nella Città Vecchia da Giovanni Venceslao Elm*, 1717, in-4, vél.

383. Odi dell' abate Giuseppe Parini. *Parma, nel regal Palazzo*, 1791, in-16, mar. v. fil. tr. dor.

384. Filippica I, II. *S. l. n. d.*, in-4, cart.

Tiraboschi attribue ces philippiques à Tassoni, et dit que c'est un des plus rares volumes de la littérature italienne. Exemplaire offert par Orelli (de Zurich) à Ugo Foscolo. Cette note, en italien, est tout entière de la main d'Orelli et datée de *Coira*, 1815.

385. Libro del gigante Morante et del re Carlo et de tutti paladini, et del conquisto che Orlando fece de la città de Sannia.. (di Sulci). *Vineggia, And. Vavassore*, 1531, pet. in-8, titre encadré, fig. sur bois, vél.

Édition non mentionnée par M. Melzi, qui n'en indique pas de plus ancienne que celle de Venise, Bindoni, 1534. L'exemplaire est rogné de près dans la marge du bas.

386. Orlando furioso di Ludovico Ariosto. *In Venetia, appresso Vincenzo Valgrisio,* 1558, in-8, fig., parch. (*Mouillé.*)

387. Orlando furioso di M. Lodovico Ariosto, con le annotationi di G. Ruscelli. *In Venetia, appresso Vincenzo Valgrisi,* 1568, in-4, nombr. fig. sur bois, demi-rel. bas. r.

388. Orlando furioso di M. Lodovico Ariosto, con gli argomenti in ottava rima di M. Lodovico Dolce. *In Venetia, appresso Nicolo Misserino*, 1609, in-24, fig. cart.

389. La Morte di Ruggiero, continuata a la materia del' Ariosto, con ogni riuscimento di tutte l'imprese generose da lui proposte et non fornite... per Giovan-Battista Pescatore da Ravenna. *Venetia,* 1547, in-4, fig. sur bois, v. br.

390. Gyrone il Cortese di Luigi Alamanni. *Stampato in Parigi da Rinaldo Calderio et Claudio suo figliulo*, 1548, in-4, v. fers à froid.

La meilleure édition.

391. Dell'Amor di Marfisa, tredici canti, del Danese Cataneo da Carrara. *In Venetia, appresso Francesco de' Franceschi Senese*, 1562, in-4, cart.

392. Guerrino detto il Meschino, nel quale si tratta como trova suo Padre et sua Madre in la città di Durazzo in prigione. *In Venetia, appresso Giovanni Alberti*, 1690, in-8, vél.

393. Il fido Amante, poema eroico di Curtio Gonzaga, figliuolo di Luigi dell' antichissima casa de' prencipi di Mantoua. *In Mantoua, presso Giacomo Ruffinello*, 1582, in-4, cart.

Première édition de ce poëme en XXXVI chants.

394. La Gerusalemme liberata di Torquato Tasso. *Londra, G. Pickering*, 1822, 2 vol. in-64, portr. cart.

395. Le Rime di Magagno Menon, e Begotto, in lingua rustica padovana, con una tradottione del primo canto di messer Ludovico Ariosto. *In Venetia, Dom. Farri*, 1563, pet. in-8, cart.

396. La Prima (seconda e terza) parte de le rime di Magagno, Menon e Begotto in lingua rustica Padovana, col primo canto di M. Lodovico Ariosto. *Venetia, Donato*, 1584, 3 part. en 1 vol. in-8, vél.

397. Descrittione della vita di Giulio Croce, con una esortatione fatta ad esso da varij animali e altre operette. *Verona*, 1707, in-4, demi-rel. dos et coins de mar. bl. n. rog.

398. Le Professioni ed arte Milanese, in lingua rossa. *Milano*, 1624. — Le Nozze del Zane, in lingua bergamasca. *Milano* (1700). Capricioze stanze sopra l'antururu di Orecchia. *Lucca*. — Historia nuova alla siciliana, in-16. Ensemble 9 pièces in-16.

Recueil de pièces rares, dont une partie en patois italien.

399. Voceri, chants populaires de la Corse, précédés d'une excursion faite dans cette île en 1845, par A.-L.-A. Fée. *Paris, V. Lecou*, 1850, in-8, br.

Poëtes anglais, etc.

400. Five hundred Points of good Husbandry, as well for the champion of open Country as for the Woodland or several, by Th. Tusser, with notes by W. Mavor. *London*, 1812, in-8, tiré in-4, gr. pap. cart. n. r.

401. Hudibras, poëme de Samuel Butler, traduit en vers françois par J. Touneley, avec des remarques de Larcher, quinze figures d'après Hogarth. *Paris, Jombert*, 1819, 3 vol. in-12, br.

402. Den Lust-hof. *Amstelredam*, 1607, in-4 obl. demi-rel. mar.

Recueil de poésies amoureuses, ornées de onze planches très-bien gravées sur cuivre.

403. Korte Beschryvinge van Parys, en de manierem en Zeden van die haer daer Onthöuden. *Tot Vlissinghe*, *s. d.*, in-4, br.

Poëme burlesque. Il contient des particularités curieuses sur les mœurs parisiennes au dix-septième siècle.

POÉSIE DRAMATIQUE.

Introduction. — Poëtes grecs et latins.

404. Réflexions morales, politiques, historiques et littéraires sur le théâtre. *Avignon*, *Marc Chave*, 1763, in-12, v. m. — Lettres de Desp. de B. (Despré de Boissy) sur les spectacles, avec une histoire des ouvrages pour et contre les théâtres. *Paris*, *Butard*, 1771, 2 part. en 1 vol. in-12, v. m. — Mémoire à consulter sur la question de l'excommunication que l'on prétend encourue par le seul fait d'acteurs de la Comédie françoise. *Paris*, 1761, pet. in-8, v. éc. — Nouvelles Observations au sujet des condamnations prononcées contre les comédiens, par M. Fagan. *Paris*, *Chaubert*, 1751, pet. in-8, v. f.

405. Discorso di Guglielmo Manzi sopra gli spettacoli, le feste, ed il lusso degl' italiani nel secolo XIV. *Roma*, 1818, in-8, fig. cart.

406. Euripidis Tragœdiæ octodecim (gr.). *Basileæ*, *Hervajius*, 1537, in-8, p. de truie.

407. Christus Triumphans, comœdia apocalyptica, autore Joanne Foxo Anglo. *Noriberge*, *in officina typographica Gerlachiana*, 1590, pet. in-8, vél.

408. Joannis Reuchlin Phorcensis Scenica Progymnasmata, hoc est ludrica præexercitamenta. *Phorcæ*, *in ædibus Thomæ Anshelmi*, 1508, in-4 de 10 ff. cart.

Imitation de la Farce de Pathelin. (Voir le *Manuel*.)

Poëtes dramatiques français.

409. Bibliothèque du Théâtre françois depuis son origine, contenant un extrait de tous les ouvrages composés pour ce théâtre, depuis les Mystères jusqu'aux pièces de Pierre

Corneille, etc. (par le duc de La Vallière). *Dresde, M. Groell*, 1768, 3 vol. pet. in-8, bas.

410. Dictionnaire portatif historique et littéraire des théâtres, contenant l'origine des différents théâtres de Paris, par M. de Léris. *Paris, C.-A. Jombert*, 1763, pet. in-8, marb.

411. Entretien sur les tragédies de ce temps (par de Villiers). *Paris, Estienne Michallet*, 1675, in-12, v. gr.

412. Le Nouveau Patelin. *S. l.*, 1748, in-12, titre gr. demi-rel.

413. La Farce des Théologastres à six personnages. *Lyon, nouvellement imprimé jouxte la copie*, 1830, gr. in-8, pap. vél. br.

Tiré à 64 exemplaires.

414. LE RECUEIL DES INSCRIPTIONS, figures, devises et masquarades, ordonnées en l'hostel de ville à Paris, le jeudi 17 février 1558, par Estienne Jodelle, Parisien. *Paris, André Wechel*, 1558, in-4, n. rel.

415. La Melize, pastorale comique, par le sieur Du Rocher. *Paris, Jean Corrozet*, 1634, in-8, parch.

416. L'Académie des Femmes, comédie (par Chapuzeau). *Paris, Aug. Courbé*, 1661, in-12, rel. en pap.

417. Les Sœurs jalouses, comédie par M. Lambert. *Paris, Ch. de Sercy*, 1661. — La Magie sans magie, du même. *Paris*, 1661, in-12, v. f.

418. Les Sentimens de l'Académie françoise sur le Cid. *Paris, Jean Camusat*, 1638, in-8, pap. fort, v. gr.

419. Les Sentimens de l'Académie française sur la tragi-comédie du Cid. *Paris, J. Camusat*, 1638, pet. in-8, v. gr.

420. L'Estourdy, ou les contre-temps, comédie (par Molière). *S. l. n. d.*, in-12, vél.

C'est un fragment du tome Ier de l'édition de 1673.

421. Sganarelle, ou le Cocu imaginaire, comédie (par Molière). *Paris, de Luyne*, 1666, in-12, non rel.

422. L'Escole des Maris, comédie de J.-B. P. Molière. *Paris, Claude Barbin*, 1669, pet. in-12, vél.

423. Molière, comédien aux Champs-Élisées, comédie. *Lyon, Antoine Briasson*, 1694, in-12, br.

424. Circé, tragédie, par T. Corneille. *Suiv. la copie impr. à Paris* (*Amsterd., Abr. Wolfgauk*), 1676, in-12, vél.

425. Délie, pastorale représentée sur le théâtre du Palais-Royal (par Donneau de Visé). *Paris, J. Ribou*, 1668, in-12, vél.

426. Le Soldat malgré lui, ou l'Espreuve amoureuse, comédie (attribuée à Rosimond). *Paris, Pierre Bienfait*, 1668, in-12, cart.

427. Le Comte de Roquefeuilles, ou le docteur extravagant, comédie par D.-C. de Nanteuil. *La Haye*, 1672, pet. in-12, cart. (*Titre raccommodé.*)

428. Les Coups du hazard, comédie en vers. *Rouen, Besongne*, 1691, pet. in-12, v. m. all.

429. Le Quartier d'hyver, comédie en prose mêlée de musique et de danses, par le sieur Nic. Racot, de Grand-Val. *Rouen, J.-B. Besongne*, 1697, in-12, v. f. (*Court.*)

430. Les Petits Maîtres, comédie par M. J.-V.-E. (Juste Van Effen). *La Haye, Gaspar Fritsch*, 1719, in-12, v. m. fil.

431. François II, roi de France (par le président Hénault). *S. l.*, 1747. — Venise sauvée, tragédie imitée de l'anglois d'Otway. *Paris, J. Clousier*, 1747. — L'Apparence trompeuse, comédie, par M. G. de Merville. *Paris, David*, 1744. — Sidney, comédie, par M. Gresset. *La Haye*, 1745, in-8, v. m.

432. François II, roi de France, en cinq actes (par le président Hénault). *S. l.*, 1768, in-8, v. f. fil. — La Mort de Louis XI (par Mercier). *Neuchâtel*, 1783, in-8, v. jasp. — La Dévote ridicule, comédie par le citoyen Michel-Pierre Luminais. *Paris, Deroi, an IV*, in-18, v. gr. — Montmorenci, tragédie par Carrion-Nisas. *Paris, Duval*. 1803. — Pierre le Grand, tragédie par le même. *Paris, Baudouin, an XII*, in-8, bas. dent.

433. Marcellus, ou les Persécutions, tragédie chrétienne (par Dehayes-Pollet). *Yverdon*, 1765. — Coligni, tragédie (par D'Arnaud). *Lausanne et Genève, M.-M. Bousquet*, 1744, in-8, rel. en vél. tr. dor.

434. Le Tremblement de terre de Lisbonne, tragédie par M. André, perruquier (Marchand, avocat). *Lisbonne*, 1755, in-8, br.

435. Théâtre de M. de la Place, contenant Venise sauvée, Adèle de Ponthieu, Jeanne Gray, Polyxène. *Paris, Barrois*, 1783, in-8, fig. de Boucher ajoutée, bas.

Avec un envoi autographe de La Place à Molé, de la Comédie-Française.

436. Charles IX, ou l'École des rois, tragédie par Chénier (Joseph). *Paris, Bossange*, 1790, in-8, br.

Édition originale.

437. Laya (J.-L.). Les Dangers de l'opinion, drame. *Paris, Maradan*, 1790, in-8, br.

438. L'Ami des Loix, comédie, par le citoyen Laya. *Paris, Maradan*, 1793, in-8, br. — Jean Calas, tragédie, par le même. *Paris, Maradan*, 1791, in-8, br.

439. Pausanias, tragédie en 5 actes, par J.-C. Trouvé. *Carcassonne, Gabriel Gareng*, 1810, in-8, v. m. all. (*Thouvenin.*)

Cette tragédie, représentée en 1795, eut le succès d'une pièce de circonstance. « Le sujet de Pausanias, dit la préface, est le 9 thermidor. »

440. Recueil de (30) ballets dansés à Versailles, Fontainebleau, etc. *Paris, Rob. Ballard*, 1654-79, in-4, n. rel.

Les Nopces de Pélée et de Thétis. — Les Plaisirs troublez. — Ballets de la Raillerie, — des Saisons, — des Arts, — de l'Impatience, etc.

441. Daphnis et Alcimadure, pastorale languedocienne. *Paris*, 1754, in-4, br.

442. Histoire du théâtre de l'Opéra-Comique (par Desboulmiers). *Paris, Lacombe*, 1769, 2 vol. in-12, v. marb.

443. La Foire d'Ausbourg, ou la France mise à l'encan, ballet allégorique. *Lyon, J. Guerrier*, 1693, in-12, bas.

444. Le Mareschal de Luxembourg au lit de la mort, tragicomédie. *Cologne, Pierre Richement*, 1695, pet. in-12, fig. demi-rel.

445. Le Procès des Trois Rois, Louis XVI de France-Bourbon, Charles III d'Espagne-Bourbon et George III d'Hanovre, fabricant de boutons, plaidé au tribunal des Puissances européennes, traduit de l'anglois. *Londres, George Carenauglet*, 1780, in-8, v. m.

Avec la grande gravure du procès.

446. Scatabronda, coumedio, noubelo et histouriquo, coumpousado per M. V. B. D. *Roterdam, P. Marteau*, 1687, in-8 de 31 pp. cart.

447. Buez ar pevar mab Emon, duc d'Ordon, layet e form un drageüi. *Montroulez*, 1833, in-12, demi-rel.

Poètes dramatiques italiens.

448. Ameto over comedia delle nimphe fiorentine compilata da messer Giovanni Boccaci. *Venetia, per Nicolo Zopino*, 1524, pet. in-8, cart.

449. La Sophonisba del Trissino. *Stampata in Vicenza, per Tolomeo Janiculo*, 1529, in-4, cart.

Imprimé avec les caractères gréco-italiques de Trissin.

450. Di M. Giovan Giorgio Trissino, la Sophonisba, li Retrati, Epistola. *In Vinegia, per Augustino Bindoni*, 1549, pet. in-8, demi-rel.

451. Calandra, comedia di M. Bernardo di Bibiena. *In Fiorenza*, 1558, pet. in-8, demi-rel. v. v.

452. La Lena, comedia di messer Lodovico Ariosto. *In Vinegia, per Nicolo d'Aristotile detto Zoppino*, 1537, pet. in-8. cart. — Comedia di messer Lodovico Ariosto, intitolata Cassaria, con l'argumento aggiunto et non più stampato. *Stampata in Venegia per Nicolo di Aristotile di Ferrara*, 1538, pet. in-8, portr. cart. — La Scolastica, comedia non meno piacevole che ridicolosa di Lod. Ariosto. *In Venitia, presso Domenico Cavalcalupo*, 1587, in-8, parch. — Il Negromente, comedia di messer Lodovico Ariosto. *In Vinegia, per Nicolo d'Aristotile detto Zoppino*, 1538, pet. in-8, cart.

453. Comedia di Agostino Ricchi da Lucca, intitolate i tre tiranni. *Venitiano*, 1533, in-4, vél.

Rare. Exemplaire grand de marges.

454. Orbecche, tragedia di M. Giovanbattista Giraldi Cinthio da Ferrara. *In Vinegia, Aldus*, 1543, pet. in-8, cart.

455. Il Capitano, comedia di M. Lod. Dolce. *In Vinegia*, 1545, pet. in-8, cart. — Amorosi Ragionamenti, dialogo nel quale si racconta un compassionevole amore di due amanti, tradotto per Lodovico Dolce. *In Vinegia*, 1546, pet. in-8, cart.

456. Gli ingiusti Sdegni, comedia di M. Bernardino Pino. *In Venetia, Bartolomeo Rubin*, 1587. — L'Evagria, ragionamenti famigliari. *In Vinegia, Gio. Battista Sessa*, 1583, pet. in-12, non rel.

457. Il re Torrismondo, tragedia del sig. Torquato Tasso. *In Bergamo, per Comino Ventura*, 1587, pet. in-8, parch.

458. Aminta, favola boscareccia di Torquato Tasso. *In Leida, Giov. Elzevier*, 1656, pet. in-12, v. m.

459. Aminta, favola boschereccia di Torquato Tasso, ora alla sua vera lezione ridotta. *Crisopoli, Bodoniani*, 1793, in-fol. pap. vél. cart. n. rog.

Avec le portrait de T. Tasso, par Morghen, avant la lettre, ajouté, et l'estampe de Prud'hon ou double épreuve, avant la lettre et eaux-fortes, tirée sur le même feuillet.

460. Il Pastor fido, tragicomedia pastorale del cavalier Guarini. *In Glasgua, della stampa di Roberto ed Andrea Foulis*, 1763, pet. in-8, fig. v. gris.

Figures de Séb. le Clerc ajoutées. Exemplaire de Bure.

461. Il Solimano, tragedia del C. Propero Bonarelli. *Roma, Corbelletti*, 1634, in-4, front. gr. vél.

Cette édition est ornée d'un frontispice et de cinq autres planches gravées par Callot.

462. I Buffoni, comedia ridicola di Margherita Costa. *Fiorenza*, 1641, in-4, vél.

463. Tragedie di Vittorio Alfieri da Asti. *Firenze*, 1821, 2 vol. — Vita di Vittorio Alfieri, scritta da esso. *Firenze, Molini*, 1822. — Tito Lucrezio Caro tradotto da Aless. Marchetti. *Firenze*, 1820, in-12, ensemble fig. cart. n. rog.

Grand papier de couleur, tiré à très-petit nombre d'exemplaires.

APOLOGUES, ROMANS ET CONTEURS.

464. Fables héroïques, comprenans les véritables maximes de la politique chrestienne et de la morale, par le sieur Audin. *Paris, G. Guignard*, 1648, in-8, fig. vél.

465. ÆSOPI FABULÆ cum interpretatione vulgari et figuris. *Stampato in Milano per Francesco Bernardino*, 1554, in-4, fig. s. b. v. fil. à fr.

Très-jolie édition, ornée d'une figure sur bois à chaque page.

466. De l'Usage des romans, où l'on fait voir leur utilité et leur différens caractères, avec une bibliothèque de romans accompagnée de remarques, par le ch. Gordon de Percel (l'abbé Lenglet-Dufresnoy). *Amsterdam, veuve de Poilras*, 1734, 2 vol. in-12, v. gr.

467. Jo. Barclaii Argenis, cum clave. *Lugd. Batav., ex officina Elzeviriana*, 1630, pet. in-12, titre grav. vél. fil. tr. dorée.

468. Histoire de très-noble et chevaleureux prince Gérard, comte de Nevers, et d'Euriant de Savoye, sa mye (par Gibert de Montreuil), ouvrage enrichi de notes critiques et historiques (par Gueullette). *Paris, Ravenel, s. d.*, pet. in-8, v. gr.

469. Le Thresor des livres d'Amadis de Gaule. *Lyon, Benoist Rigaud*, 1571, pet. in-12, n. rog. (*Lavé, encollé et préparé pour la reliure.*)

470. Thrésor de tous les livres d'Amadis de Gaule, contenant les harangues, épistres, sentences, etc. *Lyon, Pierre Rigaud*, 1605, pet. in-16, parch.

471. Le Romant comique de M. Scarron. *Suivant la copie imprimée à Paris*, 1678, 2 part. en 1 vol. in-12. vél.

472. Cléobuline, ou la Vefve inconnue, par madame L. B. D. M. (de Marcé). *Paris, Pierre l'Amy*, 1663, in-8, cart.

473. Histoire galante de M. le comte de Guiche et Madame. *Jouxte la copie à Paris*, 1667, pet. in-12, demi-rel. v. v.

474. Le Prince de Condé (par Boursault). *Paris, Jean Guignard*, 1683, in-12, v. gr.

475. Le Journal amoureux. *Paris, Cl. Barbin*, 1680, 6 vol. in-12, v. gr.

476. Intrigues galantes de la cour de France, depuis le commencement de la monarchie jusqu'à présent (par Vanel). *Cologne, P. Marteau*, 1695, 2 vol. in-12, fig. v. gr.

477. Lettres à madame la marquise *** sur le sujet de la Princesse de Clèves. *Paris, Sébast. Mabre-Cramoisy*, 1678, in-12, v. gr.

478. Critique générale des Aventures de Télémaque (par Gueudeville). *Cologne, chez les héritiers de Pierre Marteau*, 1701, 4 part. en 1 vol. pet. in-12, fig. cart.

479. Le Sire d'Aubigny, nouvelle historique. *Amsterdam, André de Hoogenhuysen*, 1700, in-12, vél.

480. Nouvelles diverses du temps. La Princesse des Pretintailles, par Mme la comtesse D. L*** (d'Auneuil). *Paris, P. Ribou*, 1702, in-12, cart.

481. Le Diable boiteux (par Le Sage); seconde édition. *Paris, veuve Barbin*, 1707, in-12, v. gr.

482. Histoire de Gil Blas de Santillane, par M. Le Sage. *Amsterdam, David Mortier*, 1716, 2 vol. in-12, v. gr.

483. Le Temple de Gnide (par Montesquieu). *Londres (Paris), s. d.*, in-8, frontisp. et vign. en tête de chaque chant, v. m. fil.

484. Hyacinthe, ou le Marquis de Celtas Dirorgo, nouvelle espagnole. *Amsterdam, J. Desbordes*, 1731, 2 vol. in-12, fig. br.

485. Candide, ou l'Optimisme, trad. de l'allemand de M. le Dr Ralph, par M. de V. (Voltaire). *S. l.*, 1759, in-12, cart.
Édition originale.

486. Chroniques, Contes et Légendes, par Ch.-Am. Beneyton. *Paris, Dumoulin*, 1854, in-4, br.

487. Les Heures perdues de R. D. M., cavalier françois. *S. l.*, 1616, in-12, cart. (*Mouillé.*)

488. Laberinto d'amore di M. Giovanni Boccaccio. *Firenze*, 1516, pet. in-8, mar. r. fil.

489. Il Decamerone di messer Giovanni Boccaccio. *Venetia*, 1590, in-4, vél.

490. Ragionamenti varii di Lorenzo Capelloni, sopra essempii, con accidenti misti, seguiti, et occorsi, non mai veduti in luce. *In Genova, appresso Marc Antonio Bellone*, 1576, in-4, parch.

491. Peregrinaggio di tre Giovanni, figliuoli del re di Serendippo. Tradotto dalla lingua persiana nel nostro volgar idioma italiano da Christoforo Armeno. *Vinegia*, 1611, pet. in-8, vél.

492. La Prima e la Seconda Cena, novelle di Anton. Francesco Grazzini detto il Lasca. *Londra, Nourse*, 1756, in-8, v. m.

493. Novelle di Giambatista Casti. *In Parigi*, 1804, 3 vol. in-8, grand pap. portr. br.

494. Olivieri di Castiglia et Artus di Dalgarve, tradotto di spagnolo in lingua toscana per Francesco Portonari. *In Venegia, Fr. Portonari*, 1552, pet. in-8, v. rac. dent.

495. Vitæ humanæ Proscenium in quo sub persona Gusmanni Alfaracii virtutes et vitia, etc. Gasp. Ens editore. *Dantisci*, 1652, pet. in-12, vél.

Jolie édition, qui se joint à la collection des Elsevier.

496. La Picara Montanesa llamada Justina, en el qual, debaxo de graciosos discursos, se encierran provechosos avisos, compuesto por Francisco Lopez de Vbeda natural de Toledo. *Barcelona, Sebast. de Cormellas*, 1505, pet. in-8, vél.

497. La Fouyne de Séville, ou l'Hameçon des bourses, traduit de l'espagnol de D. Alonço de Castillo Sovorçano. *Paris, Aug. Courbé*, 1661, in-8, v. marb.

498. Les Visions de dom Francesco de Quevedos Villegas, traduites de l'espagnol par le sieur de la Geneste. *Paris, Arnould Cottinet*, 1638, pet. in-8, vél.

499. *Ti-san-thsai-tseu-chou*. Le livre du 3e des dix écrivains appelés Thsaï-tsen (écrivains supérieurs). 4 vol. texte chinois.

C'est le texte original du roman intitulé : les Deux Cousines.

FACÉTIES.

500. Facetiarum Heinrici Bebelii poetæ libri tres. *Tubingæ, Ulricus Morhardus*, 1550, in-8, demi-rel.

501. L. Domitii Brusonnii Coutursini Luca, viri clariss., facetiarum exemplorumque libri VII. *Lugduni, apud Joannem Frellonium*, 1562, in-8, vél.

502. Dissertationum ludicrarum et amœnitatum scriptores varii. *Lugd Batavor., apud Franciscum Hegerum* (*L. Elzev.*), 1644, pet. in-12, titre gr. vél.

503. Admiranda rerum admirabilium Encomia. *Noviomagi Batavorum, typis Reineri Smetii*, 1676, pet. in-12, fig. vél.

504. Democritus ridens, sive campus recreationum honestarum cum exorcismo melancholiæ. *Gedani*, 1701, in-12, cart. non rogné.

505. Les Bigarrures du seigneur des Accords. *Paris, Jehan Richer*, 1583, pet. in-12, vél.

Incomplet du feuillet 175, et piqûres de vers dans la marge du fond.

506. Entrée magnifique de Bacchus avec madame Dimanche Grasse, sa femme, faicte en la ville de Lyon, le 14 feburier 1627 ; nouvelle édition, enrichie de notes et de vignettes. *Lyon, L. Boitel*, 1838, in-8. pap. vél. br.

Tiré à 50 exemplaires.

507. Le Livre sans nom, divisé en cinq dialogues (par Bordelon). *Lyon, Baritel*, 1711, 2 vol. in-12, br.

508. Les Tours de maître Gonin, enrichis de figures en taille-douce (par l'abbé Bordelon). *Paris, Ch. Leclerc*, 1713, 2 vol. in-12, fig. v.

509. Histoire véritable de la vie errante et de la mort subite d'un chanoine qui vit encore, écrite à Paris par le défunt lui-même (l'abbé Rumpler). *Mayence, Alff*, 1785, in-8, cart. non rog.

510. Le Piacevoli et ridiculose Facetie di M. Poncino dalla Torre Cremonese. *In Venetia, G.-B. Bonfadino*, 1611, pet. in-8, vél.

511. L'Éloge de la Folie, traduit du latin d'Érasme, par M. Gueudeville. *Berlin*, 1761. — La Nymphomanie, ou traité de la fureur utérine, par M. D. T. de Bienville. *Amsterdam*, 1784. — Règles communes et particulières, pour la congrégation de Saint-Maur. *S. l.*, 1663. — Le Trésor de l'abbaye royale de Saint-Denis en France. *Paris, impr. de Chardon, s. d.*, in-8, fig. v. m.

512. Éloge de l'Ane, traduction libre du latin de Daniel Heinsius, par M. L. Coupé. *Paris, impr. de Honnert*, 1796, in-18, br.

513. La Pazzia del ballo, composta per M. Simeon Zuccollo da Cologna. *In Padova, per Giacomo Fabriano*, 1549, pet. in-4, dem.-rel.

514. Aresta amorum LII, accuratissimi Benedicti Curtii.... cum commentariis (lat. et fr.). *Parisiis, ap. Joan. Ruellium*, 1566, in-16, v. f. fil.

515. Dialogi d'Amore di maestro Leone Medico Hebreo. *Roma, per Antonio Blado d'Assola*, 1535, in-4, parch.

516. La Prima (la seconda e la terza) Parte del Ragionamento di M. Pietro Aretino, 1584. Stampata nella nobil città di Bengodi, nel' Italia altre volte più felice. — Commento di ser Agresto da Ficaruolo sopra la prima ficata del padre Siceo, con la diceria de' nasi, 3 tom. en 2 vol. pet. in-8, v. f. fil. tr. dor. (*Piqué.*)

517. Henri Corneille Agrippa de Nettesheim. Sur la Noblesse et excellence du sexe féminin, de la prééminence sur l'autre sexe, et du sacrement du mariage, par M. de Gueudeville. *Leiden, Th. Haak*, 1726, 3 vol. portr. v. gr.

518. Les Plaisirs des Dames, par M. de Grenaille, sieur de Chatonnières. *Paris, Gervais Clousier*, 1641, in-4, portr. v. marbr.

519. Dialogo di M. Lodovico Dolce della institution delle donne. *In Vinegia, appresso Gabriel Giolito de' Ferrari*, 1545, pet. in-8, vél.

520. Les Différents Caractères des femmes du siècle, avec la description de l'amour-propre (par Mme de Pringy). *Paris, Ch. Coignard*, 1694, in-12, v. gr.

521. Hippolytus redivivus, id est remedium contemnendi sexum muliebrem. *S. l.*, 1644, pet. in-12, v. f. fil.

522. Projet d'une loi portant défense d'apprendre à lire aux femmes, par S*** M*** (Sylvain Maréchal). *Paris, Massé*, 1801, in-8, br.

523. La Félicité du mariage, ou les moyens d'y parvenir. *Paris, Pierre Gissey, s. d.*, in-12, v. br.

PHILOLOGIE.

524. Discours sur les anciens (par Longepierre). *Paris, Aubouin*, 1687, in-12, v. br.

525. Histoire poétique de la guerre nouvellement déclarée entre les anciens et les modernes, par de Callières. *Amsterdam*, 1687, pet. in-12, v.

526. Variétez ingénieuses, ou recueil et mélange de pièces sérieuses et amusantes, par M. D. (Louis de Court, publiées par Manoury, avocat). *Paris, David*, 1725, in-12, v.

527. Récréations historiques, critiques, morales et d'érudition, avec l'histoire des fous (par Dreux du Radier). *La Haye*, 1768, 2 vol. in-12, bas.

528. Les Agrémens, discours de M. le chevalier de Méré. *Lyon, J.-B. Girin*, 1690, in-12. v. gr.

529. Comparaison entre la Phèdre de Racine et celle d'Euripide, par Schlegel. *Paris, Tourneisen*, 1807, in-8, pap. vél. br.

530. Petronii Arbitri Satyricon. *Lutetiæ, Mamertus Patissonius*, 1587, in-12, mar. r. fil.

531. Antibarbarorum D. Erasmi liber unus. *Daventriæ, Théod. de Borne*, 1528, in-4, goth. dem.-rel. v. ant.

532. De la Charlatanerie des savants, par M. Menken, avec des remarques critiques de différens auteurs, traduit en françois. *La Haye, Jean van Duren*, 1721, pet. in-8, fig. cart. n. rog.

533. Opere scelte di Ferrante Pallavicino. *In Villafranca*, 1666, in-12, vél.

534. Il Puttanismo romano,..... con l'aggiunta d'un Dialogo tra Pasquino e Marforio, sopra lo stesso sogetto, et insieme, con il nuovo parlatorio delle monache, satira comica di Baltassaro Sultanini Bresciano. *In Londra per Tomaso Buet*, 1675, pet. in-12, v. f.

535. Lettre vraiment philosophique à Mgr l'évêque de Clermont, par l'abbé Rive. *A Nomopolis, chez le compère Eleuthère*, 1790, in-8, br.

536. Les Illustres Proverbes historiques, ou recueil de diverses questions curieuses, pour se divertir agréablement dans les compagnies. *Paris, P. David*, 1655, pet. in-12, bas.

537. La Comédie des proverbes. *Paris, Guignard*, 1664, pet. in-12, vél.

538. Almanach des proverbes (par Granval). *Anvers*, 1745, in-8, non rel.

539. Mélanges d'histoire et de littérature recueillis par M. de Vigneul-Marville (dom Bonaventure d'Argonne). *Rouen, Ant. Maurry*, 1700, 3 vol. in-12, v. marbr.

540. Ducatiana, ou remarques de feu M. le Duchat, sur divers sujets d'histoire et de littérature. *Amsterdam, P. Humbert*, 1738, 2 vol. in-12, v. marbr. — Bolæana, ou bons mots de M. Boileau, avec les poésies de Sanlecque. *Amsterdam*, 1742, in-12, bas.

541. Emblèmes sacrez sur le très-saint et très-adorable Sacrement de l'Eucharistie. *Paris, Fl. Lambert*, 1667, in-8, fig. d'Albert Flamen, v. br.

542. Philosophia imaginum, id est sylloge symbolorum amplissima e lingua gallica in latinam conversa (auctore Menestrier). *Amstelodami*, 1695, in-8, v. gr.

543. Philosophie des images, par Menestrier. *Paris*, 1682, in-8, v. br.

Piqûres de vers dans la marge.

544. La Philosophie des images énigmatiques, par le P. C.-F. Menestrier. *Lyon, J. Guerrier*, 1694, in-12, dem.-rel.

545. Le Sententiose Imprese et dialogo del Symeone. *In Lyone, appresso Gulielmo Roviglio*, 1560, in-4, bas.

546. Dialogo dell'imprese militari et amorose di (Paolo) Gionio et del S. Gabriel Symeoni Fiorentino, con un ragionamento di M. Lodovico Domenichi. *Lyone, Guglielmo Rouillio*, 1574, in-8, fig. vél.

EPISTOLAIRES. — DIALOGUES.

547. T. Ciceronis epistolarum familiarum liber decimus ad ipsum Aldi exemplar correctissime impressus. *S. l. n. d.*, in-4, goth. dem.-rel. v. f.

548. Jacobi Mosanti Briosi Epistolæ. *Cadomi, apud J. Cavelier*, 1670, pet. in-8, v. gr.

549. Les Epistres morales de messire Honorat d'Urfé. *Lyon, Jean Lautret*, 1620, in-12, titre gr. bas.

550. Lettres philosophiques, par M. de V. (Voltaire). *Amsterdam, Lucas*, 1734, in-8, v. br.

Édition originale.

551. Delle Lettere facete et piacevoli di diversi grandi huomini et chiari ingegni scritte sopra diverse materie, raccolte per M. Dionici Atanaci. *In Venetia*, 1582-85, 2 tom. en 1 vol. pet. in-8, vél.

552. Luciani Pseudosophista, seu solœcista, gr. et lat. cum notis et animadversionibus Johannis Georgii Græviі. *Amstelodami, apud Danielem Elzevirium*, 1668, in-8, v. ant. tr. dor. (*Simier.*)

553. Cinq Dialogues faits à l'imitation des anciens, par Oratius Tubero. *Mons, Paul de la Flèche*, 1671, pet. in-12, v. gr.

554. Les Entretiens d'Ariste et d'Eugène (par le P. Bouhours), édition où les mots des devises sont expliquez. *Paris*, *Séb. Mabre Cramoisy et Nicolas de Bure*, 1691, in-12, frontisp. v. br.

555. Dialoghi di M. Speron Speroni, nuovamente ristampati, et con molta diligenza riveduti et corretti. *In Vinegia, Aldus*, 1546, pet. in-8, vél.

POLYGRAPHES.

556. Roberti Gagnini Epistolæ, orationes, de conceptione defensio, epigrammata. *Impressa sunt Parisiis, impensis Durandi Gerleri per Andr. Bocard*, 1498, pet. in-4, goth.

Exemplaire de Lohier, avec 60 notes manuscrites de sa main.

557. Joannis Brodæi Turonensis Miscellaneorum libri sex. *Basileæ, per Joa. Oporinum, s. a.*, in-8. — Petri Pithœi adversariorum subsecivorum libri duo. *Basileæ*, 1574, in-8. — Jacobi Durantii Casellii Averni variarum libri duo. *Lutetiæ*, 1582, in-8. — Theophili de hominis fabrica libri V. *Parisiis*, 1555, in-8, vél.

558. Les Œuvres de feu M. Claude Fauchet (avec le Recueil de l'origine de langue et poésie françoise). *Paris*, *J. de Heuqueville*, 1610, in-4, v. gr.

559. Les Œuvres diverses de M. Cyrano de Bergerac. *Amsterdam, J. Desbordes*, 1761, 3 vol. in-12, v. marb.

560. Les Œuvres diverses de M. Cyrano de Bergerac. *Amsterdam, J. Desbordes*, 1761, 3 vol. in-12, portr. br.

561. Mélanges historiques (par Paul Colomiès). *Orange, Rousseau*, 1675, pet. in-12, vél.

562. Recueil de divers ouvrages en prose et en vers, par M. Perrault. *Paris, Jean-Baptiste Coignard*, 1676, in-12, v. gr.

563. Œuvres de monsieur de Fontenelle. *Paris*, *Michel Brunet*, 1742, 6 vol. in-12, fig. mar. citr. (*Rel. anc.*)

564. Œuvres complètes de monsieur de Chevrier. *Londres*, *J. Nourse*, 1774, 3 vol. in-12, v. m.

565. Œuvres de monsieur le vicomte de Grave. *Londres et Paris*, *veuve Duchesne*, 1777, in-12, v. m. fil. tr. dor.

566. Le Retour des pièces choisies, ou Bigarrures curieuses (par Bayle). *Emmerick*, 1687, pet. in-12, v. gr. fil.

567. Divers Traités d'histoire, de morale et d'éloquence : la Vie de Malherbe (par Racan); l'Orateur (par Guéret), etc... (publiés par Saint-Glas). *Paris*, 1672, in-12, v. br. (*Piqûre de vers en marge.*)

Exemplaire de l'abbé Goujet.

HISTOIRE.

GÉOGRAPHIE. — VOYAGES.

568. Rudimentorum cosmographicorum Joan. Honteri Coronensis libri III, cum tabellis geographicis elegantissimis. *Tiguri, apud Froschoverum*, 1548, pet. in-8, vél.

569. Mélanges sur la géographie, par MM. Champollion-Figeac, Dupin, F. Martin, Pillet, etc. 30 pièces environ en 3 vol. in-8, demi-rel.

570. Isolario di Benedetto Bordone, nel qual si ragiona di tutte l'isole del mondo con la gionta del monte del Oro. *Impressa in Vinegia per Nicolo d'Aristotile*, 1534, in-fol. fig. sur bois, vél. (*Mouillé.*)

Orné de cartes gravées sur bois, parmi lesquelles on remarque celles de plusieurs îles de l'Amérique et un plan de la ville de Temistitan (ancien nom de Mexico).

571. Atlas universel pour servir à l'étude de la géographie et de l'histoire anciennes et modernes, dressé par L. Vivien. *Paris, Ménard et Desenne*, 1827, in-fol. demi-rel.

572. Relations historiques et curieuses de voyages en Allemagne, Angleterre, Hollande, Bohême, Suisse, etc., par Charles Patin. *Lyon, Claude Muguet*, 1676, in-12, fig. mar. r. fil. (*Remboîtage.*)

573. Les Voyages de monsieur Payen, où sont contenues les descriptions d'Angleterre, de Flandre, de Brabant, etc. *Paris, Est. Loyson*, 1667, in-12, vél.

574. Lettres sur la Suisse, écrites en 1819, 1820 et 1821, par M. Raoul-Rochette. *Paris, Nepveu*, 1833, 2 vol. in-8, fig. bas. rac. all.

575. Nouveau Voyage d'Italie, avec un Mémoire contenant des avis utiles à ceux qui voudront faire le même voyage

(par Maximilien Misson). *La Haye, Henry van Bulderen*, 1702. — Remarques sur divers endroits d'Italie, par M. Addisson. *Paris, D. Horthemels*, 1722, 4 vol. in-12, fig. v. gr.

576. Observations recueillies en Angleterre en 1835, par M. C.-G. Simon. *Paris, J. Pesron*, 1836, in-8, demi-rel. v f.

577. Promenade de Dieppe aux montagnes d'Écosse, par Charles Nodier. *Paris*, 1821, in-12, fig. br.

578. Les Voyages de monsieur Des Hayes, baron de Courmesvin en Danemarck, enrichis d'annotations par le sieur P.-M.-L. (Promé, libraire). *Paris, Clousier*, 1664, in-12. v. gr.

579. Relation d'un voyage de Dantzick à Marienwerder (1734). *Paris, Raynal*, 1823, in-8, br.

580. Les Voyages de monsieur Quiclet à Constantinople, par terre, enrichis d'annotations par le sieur P. M. L. *Paris, Fr. Clousier*, 1664, in-12, v. gr.

581. Itinéraire d'une partie peu connue de l'Asie Mineure (par de Corancez). *Paris*, 1816, in-8, carte, demi-rel. v. v. n. rog. (*Exemplaire de la bibliothèque de Neuilly.*)

582. Il devotissimo Viaggio di Gerusalemme fatto et descritto da Zuallardo. *Roma, Zanetti*, 1587, in-4, cart. (*défectueux.*)

583. Description de l'Arabie, d'après les observations et recherches faites dans le pays même, par M. Niebuhr. *Paris, Brunet*, 1779, 2 tom. en 1 vol. in-4, fig. et cartes, demi-rel.

584. Relation de l'expédition de Moka en l'année 1737, sous les ordres de M. de La Garde-Jazier, de Saint-Malo. *Paris, Chaubert*, 1739, in-8, cartes et fig. v. m.

585. Voyage et avantures de Fr. Leguat et de ses compagnons en deux isles désertes des Indes Orientales, etc. *Londres, D. Mortier*, 1720, 2 tom. en 1 vol. in-12, cartes et fig. bas. rac.

586. Recueil de divers voyages faits en Afrique et en Amérique (publ. par H. Justel et contenant : Histoire des Barbades, par R. Ligon; Relation des Caraïbes, par de La Borde; Relation de la Jamaïque; Description de Saint-Christophe; Description de l'Empire du Prête-Jean, etc., par Ligon). *Paris, L. Billaine*, 1674, in-4, cartes et fig. v. rac. rouge, dent.

587. Recueil de divers voyages faits en Afrique et en Amérique (par Richard Ligon, le P. Tellès et de la Borde; le

tout trad. de l'anglois et publié par les soins de Henri Justel). *Paris, L. Billaine*, 1674, in-4, fig. v. gr.

588. Relation historique d'Abissinie du R. P. Jérôme Lobo, trad. du portugais par M. Le Grand. *Paris, veuve d'Ant.-Urb. Coustelier*, 1728, in-4, fig. et carte, v. gr.

589. Voyages aux côtes de Guinée et en Amérique, par M. N***. *Amsterdam, Et. Roger*, 1719, in-12, fig. v. ant.

590. Voyages des capitaines Lewis et Clarke, depuis l'embouchure du Missouri jusqu'à l'entrée de la Colombia, dans l'Océan Pacifique, fait dans les années 1804, 1805 et 1806, par Patrice Gass, trad. en français par A.-J.-N. Lallemant. *Paris, Arthus-Bertrand*, 1810, in-8, carte, v. f. fil.

591. Relation del viage hecho por las goletas Sutil y Mexicana, en el año de 1792, para reconocer el estrecho de Fuca. *Madrid, Impr. real*, 1802, in-4, demi-rel. mar. v.

592. Notes on Mexico made in the autumn of 1822, accompanied by an historical sketch of the revolution... *Philadelphie*, 1824, in-8, carte, cart. en toile.

593. Diarium, vel descriptio laboriosissimi et molestissimi Itineris, facti a Guilielmo Cornelii Schovtenio Hornano, annis 1615, 1616 et 1617. *Amsterdam, apud Petrum Kœrium*, 1619, pet. in-4, fig. demi-rel. dos et coins de mar. bl. tr. dor.

Incomplet de 5 planches.

594. Voyage à la Nouvelle-Guinée, par M. Sonnerat. *Paris, Ruault*, 1776, in-4, fig. v. m.

HISTOIRE DES RELIGIONS.

595. Abrégé de l'origine de tous les cultes, par Dupuis. *Paris, Lebigre*, 1836, in-8, port. demi-rel. v. ant.

596. Histoire des Vestales, avec un traité du luxe des dames romaines, par M. l'abbé Nadal. *Paris, veuve de P. Ribou*, 1725, in-12, v.

597. Du Culte des dieux fétiches, ou parallèle de l'ancienne religion de l'Egypte avec la religion actuelle de Nigritie (*par de Brosses*). *S. l.*, 1760.— Sur la Destruction des Jésuites en France, par un auteur désintéressé (par d'Alembert). *S. l.*, 1765, en 1 vol. in-12, v. m.

Histoire de la Religion chrétienne.

598. Traitté de l'origine des cardinaux du Saint-Siége et particulièrement des françois. *Cologne, Pierre ab Egmont* (*Holl., Elzevier.*), 1665, pet. in-12, v. m.

599. Relation abrégée des missions et des voyages des évesques françois envoyez aux royaumes de Chine, Cochinchine, Tonquin et Siam, par François Pallu. *Paris, Béchet*, 1668, in-8, vél. (*Piqûres de vers.*)

600. La Religion ancienne et moderne des Moscovites. *Amsterdam*, 1698, in-12, fig. v. gr.

601. L'Apocalypse de Méliton, ou Révélation des mystères cénobitiques, par Méliton. *A Saint-Léger, chez Noel et Jaques Chartier* (*Holl., Elzev.*), 1662, pet. in-12, vél.

602. Apologie de la mission de S. Maur, apostre des bénédictins en France, par dom Thierry Ruinart. *Paris, Pierre de Bats*, 1702, in-8, fig. et pl. v. gr.

603. Inventaire du trésor de Saint-Denys, où sont déclarées brièvement toutes les pièces, suivant l'ordre des armoires dans lesquelles on les fait voir. *Paris, P. de Bats*, 1684, in-8, de 8 ff. cart.

604. Légende dorée, ou Sommaire de l'histoire des frères mendians (par Nic. Vignier, le fils). *Leyden*, 1608, pet. in-8, bas.

605. Légende dorée, ou Sommaire de l'histoire des frères mendians de l'ordre de Saint-Dominique et de Saint-François (par Nic. Vignier, le fils). *Amsterdam*, 1734, in-12, v. gravé.

606. Historia ecclesiastica de martyrio fratrum ordinis b. Francisci... qui partim in Anglia, partim in Belgio, partim in Hybernia... passi sunt, authore Fr.-Th. Bourchier. *Parisiis, Poupy*, 1582, in-8, v. f.

607. Discours véritable de ce qui s'est passé en la réformation des PP. Cordeliers, et la rumeur advenue au grand couvent de Paris, à l'occasion d'icelle le 26 février 1622, par P.-P. M. *Paris*, 1622. — Factum et défense pour les gardien et conseil des Cordeliers du grand couvent de Paris, etc. *S. l. n. d.* — Factum pour les religieuses de Sainte-Catherine-lès-Provins, contre les PP. Cordeliers. *S. l. n. d.*, in-4, cart.

608. Toilette de M. l'archevêque de Sens, ou Réponse au factum des filles Sainte-Catherine-lès-Provins, contre les

Pères Cordeliers (par J. Burluguay). *S. l.*, 1669, in-12, v. gravé.

609. Règlemens de l'abbaye de Notre-Dame de la Trappe, en forme de constitutions, avec des réflexions et la carte de visite faite à N.-D. des Clairets, par le R. P. abbé de la Trappe. *Paris, Fl. Delaulne*, 1718, in-12, v. m.

610. Carte de visite faite à l'abbaye de N.-D. de Clairet par le R. P. abbé de la Trappe. *Paris, F. Muguet*, 1690, pet. in-12, demi-rel. v. bl.

611. Recueil de plusieurs pièces pour servir à l'histoire de Port-Royal, ou supplément aux Mémoires de MM. Fontaine, Lancelot et du Fossé. *Utrecht, aux dépens de la Compagnie*, 1740, in-12, v. marb.

612. Histoire de l'admirable dom Inigo de Guipuscoa, chevalier de la Vierge, par le sieur Hercule Rasiel de Selva, nouvelle édition, augmentée de l'Anti-Cotton. *La Haye, veuve Ch. Le Vier*, 1738, 2 vol. pet. in-8, fig. cart. n. rog.

613. Découverte (la) des équivoques et échappatoires des Jésuites, sur leur prétendu bannissement. *Paris*, 1630, in-8, br.

614. Apologie pour les religieux de la Compagnie de Jésus, par le P. Nicolas Caussin. *Paris*, 1644, in-8, vél.

615. Les Jésuites mis sur l'eschafaut, pour plusieurs crimes capitaux par eux commis dans la province de Guienne, avec la response aux calomnies de Jaques Beaufès, par Pierre Jarrige. *Jouxte la copie impr. à Leiden*, 1649, pet. in-8, v. m. fil. tr. dor.

616. Processus nobilium domicellarum capituli et canonissarum ecclesie beate Waldetrudis oppidi Montensis impetrantium, contra decanum et capitulum ecclesie sancti Germani. In-fol. vél.

Manuscrit du quinzième siècle.

617. Landiuri equitis hierosolimitani ad Fr. Baltrandum in *epistolas Magni Turci* præfatio. *S. l. n. d.*, pet. in-4, bas. 23 ff. 27 lig. à la page.

Cette édition paraît être sortie des presses de Conrad Fyner, vers 1475.

618. L'Ordre de Malte, ses grands-maîtres et ses chevaliers, par M. de Saint-Allais. *Paris*, *Delaunay*, 1839, in-8, blas. broché.

619. Vita S. Romani episcopi Rotomagensis, e vetere martyrologio nunc primum edita cura Nic. Rigaltii. *Lutetiæ, in æd. Rolini Thierri*, 1609, pet. in-8, n. rel.

620. Histoire de la vie de saint Jean de Capistran, tirée de l'histoire ecclésiastique et profane, par le R. P. Séraphin Picot. *Lyon, Briasson,* 1699, in-12, fig. br.

621. Relation de la vie et de la mort de madame de Clermont, abbesse de l'abbaye de Notre-Dame de Saint-Paul, près Soissons. *Paris, Jean Mariette,* 1709, in-12, v. gr.

622. Abrégé de la vie, du culte et des miracles du bienheureux Jean Michel, évêque d'Angers. — *S. l.,* 1739, in-12, v. fauve.

623. Le Chrestien réel, ou la Vie du marquis de Renty (par S. Jure). *Cologne, Jean de la Pierre,* 1701, pet. in-12, br.

624. Lettre d'Eusèbe Romain (dom Mabillon) à Théophile François sur le culte des saints inconnus. *Grenoble, Estienne Bon,* 1698, pet. in-12, v.

625. Dissertation sur la sainte larme de Vendôme, par M. J.-B. Thiers. *Amsterdam,* 1751, in-12, v. marb.

626. Historie van het H. sacrament van mirakelen berustende tot Bruessel beschreven door M. Steven Ydens Brusselaer. *Bruessel, Rutgeert Velpius,* 1608, pet. in-8, fig. vél.

627. Relazione dello scuoprimento e ricognizione fatta in Ancona dei sacri corpori di S. Ciriaco, Marcellino e Liberio, protettori della città, e riflessioni sopra la traslazione ed il culto di questi santi. *In Roma, Giov. Zempel,* 1756, in-4, planches, vél.

628. Mémoires pour servir à l'histoire de la fête des foux qui se faisoit autrefois dans plusieurs églises, par M. du Tilliot. *Lausanne et Genève,* 1751, pet. in-8, fig. n. rel.

629. Explication des cérémonies de la Fête-Dieu d'Aix en Provence (par G.-S. Grégoire). *Aix,* 1777, in-12, dor. fig.

630. Des Troubles et différents advenans entre les hommes par la diversité des religions : ensemble du commencement, progrez et excellence de la Chrestienne, par Loys Le Roy, dict Regius. *Paris, Federic Morel,* 1567, pet. in-8, demi-rel.

631. Histoire des cérémonies et des superstitions qui se sont introduites dans l'Eglise (par Bernard). — Préservatif contre le changement de religion (par P. Jurieu). — Ratramme ou Bertram, prêtre, du corps et du sang de Jésus-Christ, avec une dissertation sur Ratramme, traduit de l'anglois (par La Bastide). — *Amsterdam, J.-Fréd. Bernard,* 1717, 3 ouvr. en 1 vol. in-12, v. m.

632. De Vita et moribus atque rebus gestis hæreticorum nostri temporis, etc., authore Jacobo Laingæo Scoto. *Parisiis, apud Michaëlem de Roigny,* 1585, pet. in-8, v. gr.

633. Histoire générale des Églises évangéliques des vallées de Piémont ou Vaudoises, par Jean Léger. *Leyde, Jean le Carpentier*, 1669, in-fol. port. et carte, rel. en vél.

634. Histoire générale des Églises angéliques des vallées de Piémont ou Vaudoises, par Jean Léger. *S. l. n. d.*, in-fol. fig. vél.

Mauvais état.

635. Lettres de Jean Hus, écrites durant son exil et dans sa prison, avec une préface de Martin Luther, traduites par Emile de Bonnechose. *Paris*, *L.-R. Delay*, 1846, in-12, broché.

HISTOIRE UNIVERSELLE. — HISTOIRE ANCIENNE.

636. Le Promptuaire de tout ce qui est advenu plus digne de mémoire, depuis la création du monde jusques à présent. Auquel ont esté adjoutez (à cette seconde édition) les cathalogues des papes, empereurs et roys de France, avec trois genealogies et descentes des roys d'Angleterre, Espagne et Portugal... ensemble le nombre des archeveschez de ce royaume, et les eveschez deppendans d'iceux, par Jean d'Ongoys Morincien. *Paris, Jean de Bordeaux*, 1579, in-16, fig. sur bois, demi-rel.

637. Funerali antichi di diversi popoli et nationi... descritti in dialogo da Thomaso Porchacchi. *In Venetia*, 1574, pet. in-fol. fig. vél.

638. De la Prostitution en Europe depuis l'antiquité jusqu'à la fin du XVIe siècle, par M. Rabuteaux, avec une bibliographie, par M. P. Lacroix. *Paris, Seré*, 1851, in-4, fig. br.

639. Histoire de l'origine de la royauté et du premier établissement de la grandeur royale. *S. l.*, 1684, in-12, fig. v. f. fil. tr. dor.

Incomplet du titre imprimé.

640. Essai sur les grands événemens par les petites causes, tiré de l'histoire (par Richer). *Genève et Paris, Hardy*, 1758, in-12, demi-rel. mar. viol. n. rog.

641. Justini Historia. *S. l.*, 1500, pet. in-8, bas.

642. Examen analytique et tableau comparatif des synchronismes de l'histoire des temps héroïques de la Grèce, par L.-C.-F. Petit-Radel. *Paris, Impr. royale*, 1827, in-4, br.

643. Xenophontis philosophi et historici clarissimi Opera. *Basileæ, apud Mich. Isingrinium*, 1545, in-8, mar. r. fleurdelisé, tr. dor. (*Rel. anc.*)

644. Titi Livii Historiarum quod exstat ex recensione J.-F. Gronovii. *Amstelodami, apud Dan. Elzevirium*, 1678, gr. in-12, à 2 col. vél.

645. Eutropii de gestis Romanorum libri decem. *Parisiis, apud Simonem Colinæum*, 1542, pet. in-8, mar. r. dent. tr. dor. (*Rel. anc.*)

646. L. A. Flori Epitome rerum romanarum, edidit Carolus Andreas Dukerus. *Lugduni Batavorum, apud S. Luchtmans*, 1744, in-8, front. gr. rel. en vél.

647. Gesta Romanorum. *Parisiis, Regnaut Chaudière*, 1518, pet. in-8, goth. *rel. du temps.*

648. Abrégé de l'histoire des empereurs romains, avec les portraits, quadrains et devises desdits empereurs, extraict de divers autheurs, par R.-M. *Rouen, D. Geuffroy*, 1609, pet. in-8, vél.

649. Commentaires de Jule César, de la guerre de Gaule, traduictz par feu Robert Gaguin, reveuz et versifiez sur les vrays exemplaires latins, par Antoine du Moulin, Masconnois. *Lyon, Jean de Tournes*, 1545, 2 vol. in-16, réglé, v. marb.

650. Commentaires de Jules César, de la guerre de Gaule, traduitz par Robert Gaguin. *Lyon, Jean de Tournes*, 1545, in-16, fig. v. br.

651. Commentarios de Cayo Julio Cesar (traducidos por Diego Lopez de Toledo) nuevamente ympressos y corregidos. *Alcala, en casa de Miguelo Egui*, 1529, in-fol. goth. à 2 col., titre avec encadrement, vél.

Édition rare.

HISTOIRE MODERNE.

Histoire générale.

652. Collection d'ouvrages connus sous le nom de *Républiques*, imprimés en Hollande par les Elzéviers et autres, de 1626 à 1641, 44 vol. in-24, reliés en mouton et en vélin.

653. Sigeberti Gemblacensis cœnobitæ Chronicon ab anno 381 ad 1113, cum insertionibus ex historia Galfredi et additionibus Roberti abbatis Montis, centum et tres sequentes annos complectentibus, promovente egregio P. D. G. Parvo... *Parisiis, H. Stephanus*, 1513, in-4, cart.

654. Nouveaux Intérêts des princes de l'Europe (par Sandras de Courtitz). *Cologne, Pierre Marteau*, 1688, petit in-8, v. f.

655. L'Ombre de Charles-Quint apparue à Volcart, dialogue sur les affaires du temps. 1688, in-12, v. gr.

Manuscrit.

656. Nouveaux Entretiens politiques et historiques de plusieurs grands hommes aux Champs-Elysées sur la paix traitée à la Haye et à Gertruydemberg et conclue à Utrecht. *Paris, Fr. Barois*, 1714, in-12, br.

Géographie. — Histoire des Gaulois. — Dissertations. Mélanges.

657. Notice sur l'ancienne Gaule, tirée des monuments romains, par M. d'Anville. *Paris, Desaint*, 1778, in-4, carte, v. gr.

658. Le Guide fidelle des étrangers dans le voyage de France, par le sieur de St-Maurice. *Paris, Est. Loyson*, 1672, in-12, v. gr.

659. Marci Zuerii Boxhornii originum gallicarum liber... cui accedit antiquæ linguæ Britannicæ lexicon britannico-latinum, cum adjectis et insertis ejusdem authoris adagiis britannicis. *Amstelodami, apud Joannem Janssonium*, 1654, in-4, n. rel.

660. Considérations sur l'esprit militaire des Gaulois, par M*** (de Sigrais). *Paris, veuve Desaint*, 1774, in-12, veau f. fil.

661. Histoire de France avant Clovis, par le S. de Mézeray. *Amsterdam, Abr. Wolfgang*, 1688, petit in-8, cart.

662. Histoire de France avant Clovis, l'origine des François et leur establissement dans les Gaules, par le S. de Mézeray. *Amsterdam, Ant. Schelte*, 1696, in-12, frontisp. gr. v.

663. Les Antiquitez gauloises et françoises, recueillies par M. le président Fauchet. *Paris, J. Périer*, 1599, in-8, vél.

664. Des Antiquités de la maison de France et des maisons mérovingienne et carlienne, par M. le Gendre. *Paris, Briasson*, 1739, in-4, v. f. fil.

665. De l'État des affaires de France. Œuvre contenant les choses les plus remarquables advenues durant les règnes des rois de France... Ensemble une histoire des seigneurs comtes des ducs d'Anjou, par Bernard Girard, seigneur du Haillan. *Paris, l'Huillier*, 1571, in-8, vél.

666. Notice des diplômes, des chartes et des actes relatifs à l'histoire de France, par M. l'abbé de Foy. *Paris, Impr. royale*, 1765, tome Ier (*seul publié*), in-fol. v. marb. fil.

667. Recueil des roys de France, leurs couronne et maison; ensemble, les rangs des grands de France, par Jean du Tillet, greffier du Parlement, plus une chronique abbrégée des roys et princes, républiques et potentats, par J. du Tillet, évesque de Meaux. *Paris, Jaques du Puys*, 1580, in-fol. fig. sur bois, vélin.

668. Recueil des roys de France, leurs couronne et maison; ensemble le rang des grands de France, par J. du Tillet. *Paris, Abel l'Angelier*, 1607, in-4, fig. sur bois et col. v. f. fil. (*Aux armes de l'abbé de Colbert.*)

Cette édition est augmentée d'un recueil de *Traictez de paix, trèves et alliances d'entre les rois de France et d'Angleterre*, d'un *Mémoire sur les libertés de l'Eglise gallicane, et des inventaires sur chaque maison des rois et grands de France.*
Plusieurs feuillets manuscrits.

669. Des Recherches de la France, par Estienne Pasquier. *Paris, Claude Micard*, 1572, in-16, bas. (*Légères piqûres de vers dans la marge.*)

670. Traitez concernant l'histoire de France, savoir : la condamnation des Templiers; l'histoire du schisme, les papes tenans le siége en Avignon; et quelques procez criminels, composez par Dupuy. *Paris, veuve Math. Dupuis*, 1685, in-12, portr. et br.

671. Abrégé chronologique des grands fiefs de la couronne de France, avec la chronologie des princes et seigneurs qui les ont possédés, jusqu'à leur réunion à la couronne (par Brunet). *Paris, Desaint et Saillant*, 1759, petit in-8, v. m. fil.

672. Mélanges historiques et Recueils de diverses matières la pluspart paradoxalles et néantmoins vrayes, par Pierre de Sainct-Julien. *Lyon, B. Rigaud*, 1589, in-8, vél.

673. Dissertations sur l'histoire ecclésiastique et civile de Paris, par M. l'abbé Lebeuf. *Paris, Lambert et Durand*, 1739-1741, 2 vol. in-12.

674. Recueil de dissertations sur différents sujets d'histoire et de littérature, par l'abbé Lebeuf. *Paris, J. Techener*, 1843, in-12, br.

Tome Ier seul publié.

675. Dissertations sur différens sujets de l'histoire de France, par M. Bullet. *Besançon et Paris*, 1759, in-8, bas.

676. Dissertations sur quelques points curieux de l'histoire de France et de l'histoire littéraire, par Paul L. Jacob, bibliophile. — Concordance de l'état sanitaire de Louis XIV avec les événements de son règne. *Paris, Techener*, 1839, in-8 de 26 pp. demi-rel. mar. r.

Tiré à 50 exemplaires. Un des cinq sur papier de Chine.

677. Tableau généalogique et historique de la première (et seconde) race des rois de France. — Tableau généalogique et historique des diverses branches issues de la maison royale de France. In-fol. collé sur toile.

678. Paradoxe et néantmoins discours véritable de l'origine et extraction de Hugues Capet, roy de France, par P. de Saint-Julien. *Paris, Le Noir*, 1586, pet. in-8.

679. Généalogie de la maison de France, par P.-H. Audiffret. *S. l. n. d.* — Dissertation sur le passage du Rhône et des Alpes par Annibal, l'an 218 avant notre ère. *Paris, Lebègue*, 1821. — Mélanges de géographie, d'histoire et de chronologie anciennes, par M. Fortia d'Urban. *Paris, Courcier, s. d.*, in-8, cartes, v.

680. Histoire de l'ancien gouvernement de la France, par M. le comte de Boulainvilliers. *La Haye*, 1727, 3 tomes en 2 vol. in-12, v. gr.

681. Histoire de la Pairie de France et du Parlement de Paris, par M. D.-B. (Boulainvilliers). *Londres, Samuel Harding*, 1740, pet. in-8, fig. br.

682. Recueil de 10 pièces sur les monnaies. *Paris*, 1571-1639, pet. in-8, n. rel.

Édict du roy sur la création des changeurs en titres d'offices. 1771. — Déclaration du roy, portant que les espèces d'or ne seront exposées que pour le prix de leur juste poids. 1639. — Arrest de la cour des monnoyes. 1639, etc.

683. Mémoires de la Société de l'histoire de France. *Paris, J. Renouard*, 1846-57, 4 vol. in-8, br.

Registres de l'hôtel de ville de Paris. Tome Ier. — Mémoires de Philippe de Commynes. Tome III. — Les Livres des Miracles. Tome Ier. — Mémoires de Mathieu Molé. Tome III.

Histoire particulière de France sous divers règnes.

684. Histoire et chronique du roy sainct Loys, par Joinville. *S. l., Jaques Chouet*, 1696, pet. in-12, parch.

685. Entreveues de Charles IV, empereur, et de Charles V, roy de France, à Paris, l'an 1378; — de Louis XII, roy de France, et de Ferdinand, roy d'Arragon, à Savonne, l'an

1507, et Discours sur l'origine des roys de Portugal, par T. Godefroy. *Paris, P. Chevalier,* 1613, in-4, demi-rel.

686. Harangue faicte au nom de l'Université de Paris devant le roy Charles VI et tout le conseil, contenant les remonstrances touchant le gouvernement du roy et du royaume. *Paris, Vincent Sertenas,* 1561, pet. in-8, cart.

687. CHRONIQUE ET HYSTOIRE FAICTE ET COMPOSÉE PAR FEU MESSIRE PHILIPPE DE COMINES... contenant les choses advenues durant le règne du roy Loys XIe tant en France, etc. *Paris, Galliot du Pré,* 1525, in-fol. goth. v. gr.

Deuxième édition. Exemplaire très-grand de marges. Hauteur : 257 millim. Manquent le titre et le coin des deux derniers feuillets.

688. CHRONIQUE ET HYSTOIRE FAICTE ET COMPOSÉE PAR FEU MESSIRE PHILLIPE DE COMINES... contenant les choses advenues durant le règne du roy Loys XIe, tant en France, etc. *Imprimée nouvellement à Paris, s. d.*, pet. in-4, goth. cart.

689. Apologia Madriciæ conventionis, inter Christ. Francorum regem et Carolum electum imperatorem dissuasoria. *Parisiis,* 1526, pet. in-4, non rel.

690. Oratio Jacobi Antiquarii pro populo Mediol. (in die triumphali ad Ludov. regem Francorum et ducem Mediol.). *Impressum Mediolani p. Alex. Minutianum,* 1509, in-4, n. rel.

Entrée de Louis XII à Milan.

691. Christianissimi Francorum regis, adversus imperatorem electum prorogati duelli autore, defensio. *Impensis Gallioti a Prato, s. d.*, in-4, de 8 ff. n. rel.

692. Oratio de sententia christianissimi regis, scripta ad serenissimos... spectabiles viros, universosque sacri imperii ordines Spira conuentum agentes. *Parisiis, Rob. Stephan.*, 1543. — Adversus Jacobi Omphalii maledicta, pro rege Francorum christianissimo, defensio. *S. l. n. d.*, in-8, cart.

693. Discours merveilleux de la vie, actions et déportements de Catherine de Médicis. *S. l.*, 1649, in-8, parch.

694. Ad Perduellionis Admiralii causas Responsio. *Anno* 1569, in-4, cart.

695. Discours de Michel de l'Hospital, chancelier de France, sur le sacre de François II. *Paris, Didot,* 1825, in-18, br. — La Harangue faicte par M. de Lhospital, grand chancelier de France, en la présence du Roy, ledict seigneur tenant ses grands Etats en la ville d'Orléans, 1561. *Blois, Julian Angelier.* — Harangue faicte par ceux du tiers état de toute la France à la reyne-mère du roy... 1561. *Blois, J. Angelier,* pet. in-8, cart. (*Rogné à la lettre.*)

696. Saint-Jean d'Angely assiégé par le roi Charles IX, 1569. — Massacre fait à Cahors, 1561. — Première charge de la bataille de Dreux, 1562. — Troisième charge. — 4 planches doubles in-fol.

Vues de Lyon, par Israël Silvestre. 6 pièces in-fol. obl., avec marges.

697. Ordonnance du roy sur les défences de ne porter dagues, espées, ny autres sortes d'armes sur les peines y contenües, publiée à Paris le seizième jour d'aoust mil cinq cent soixante et dix. *Paris, Guillaume de Nyverd, s. d.*, in-8, cart.

698. Mandement du roy pour le jour de son entrée en sa bonne ville de Paris. Plus l'ordonnance de Sa Majesté sur les défences de porter masques et armes. *Paris, Guillaume de Nyverd* (1571), pet. in-8 de 4 ff. cart.

699. Ad Petri Carpentarii Causidici virulentam epistolam responsio Francisci Porti Cretinois. *S. l.*, 1573. — Responsio ad Orationem habitam nuper in concilio Helvetiorum pro defensione cædium et latrociniorum quæ in Gallia commissa sunt, edictum et promulgatum Germanicè. *S. l. n. d.*, pet. in-8, bas. rouge. (*Le titre de la seconde partie manque.*)

Le premier ouvrage a rapport aux troubles et guerres de religion. Le second contient des détails originaux et curieux sur la mort de l'amiral de Coligny et sur le massacre de la Saint-Barthélemy.

700. Advertissement sainct et chrestien touchant les armes, par M. Pierre Charpentier. *Paris, Sébast. Nivelle,* 1575, pet. in-8, parch.

701. Moyens d'abus, entreprises et nullités du rescrit et bulle du pape Sixte V contre Henry de Bourbon, roy de Navarre, et Henry de Bourbon, prince de Condé. *S. l.*, 1586, pet. in-8, v. m.

A la fin se trouve le MANUSCRIT suivant : S'ensuit l'histoire de l'homicide du roy Henry trois, commis par un jacobin moyne, fait par moy Lambert Testelette, 1587, 8 feuillets.

702. La Complainte et querimonie des pauvres laboureurs, sur la calamité du temps présent. *Paris, David le Clerc,* 1588, pet. in-8 de 4 ff. cart. — Le Benedictus du Prophète royal, adapté de mot à mot à la confusion et ruyne des hérétiques. Suivant la conférence duquel on cognoit comme Dieu a voulu monstrer (par le bras de Monsieur de Guyse) que son Eglise a esté et sera toujours victorieuse, triomphante et permanente. *Paris, Didier Millot*, 1588, pet. in-8 de 12 ff. cart.

703. Protestation et déclaration des trois Henris sur la venue de leur armée en France. *S. l.*, 1587. — Protestation et

déclaration du roy de Navarre sur la venue de son armée en France. *S. l.*, 1587, in-8, cart.

704. Replique à l'Antigaverston, ou Response faicte à l'histoire de Gaverston, par le duc d'Epernon. *S. l.*, 1588, pet. in-8 de 16 ff. n. rel.

705. Remonstrance au roy tenant ses estats en sa ville de Bloys, par les officiers de Sa Majesté. *Blois, Cl. Montrœil*, 1588, in-4, br. r.

706. Advertissement fait au Roy de la part du Roy de Navarre et de M. le prince de Condé, touchant la dernière déclaration de la guerre, 1587. *La Rochelle, Iehan Porrost*, 1587. — Déclaration des causes qui ont esmeu la Royne d'Angleterre à donner secours pour la défense du peuple affligé et oppressé es Païs-Bas. *Londres, Christophle Barquer*, 1585. — Addition à la déclaration précédente. *Londres, Christophle Barquer*, 1585. — Harangue du sieur Baldo Cattaneo, prononcée à Rome, le huicticsme d'octobre 1590, devant les Très-Illustres Cardinaux entrans au conclave pour l'élection d'un pape. *Tolose, Raymond Colomiez*, 1590. — Traicté de la liberté de conscience, par M. Bertin P. *Bourdeaus, S. Millanges*, 1586, in-12, v. m.

707. Mémoires d'Estat, sous les règnes des roys Henry III et Henry IV, par M. de Cheverny. *Paris, Fr. Mauger*, 1664, 2 vol. in-12, v. gr.

708. Recueil des poincts principaux de la Harangue faicte à l'ouverture du Parlement, par M. L. Servain, advocat du roy, contenant exhortation aux subjects à l'obéissance envers Sa Majesté. *Tours, Claude de Montr'œil et Jean Richer*, 1589, pet. in-8 de 16 ff. n. rel.

709. Sixti V, Pont. Max., de Henrici Tertii morte, sermo Romæ in Consistorio Patrum habitus, 11 sept. 1589. — Anti-Sixtus (par Mich. Hurault du Fay). *S. l. n. d.*, in-8, demi-rel. dos et coins de v. ant. (*Manque le titre.*)

Avec une note de M. Taillandier sur l'auteur de l'*Antisixtus*, et sur les éditions de la harangue de Sixte V.

710. Les Mémoires de la royne Marguerite. *S. l. n. d.*, in-8, v. ant.

711. Déclaration faicte par Monseigneur le duc de Mayenne, pour la réunion de tous les catholiques de ce royaume. *Lyon, Jean Pillehotte*, 1593, 12 ff. pet. in-8, n. rel.

712. Satyre Ménippée, de la vertu du Catholicon d'Espagne et de la tenue des estats de Paris, etc. *Ratisbonne, Mathias Kerner*, 1726, 3 vol. in-8, fig. v. gr.

713. Les Aventures du baron de Fœneste, par Théodore Agrippa d'Aubigné, augmenté de remarques historiques (par le Duchat), et de l'histoire de l'auteur écrite par lui-même. *Amsterdam*, 1731, 2 vol. in-12, v. gr.

714. Harangue d'action de grâces pour la paix, prononcée en la ville de Veruin le dernier jour de may 1598, par M. Marc Lescarbot. *Paris, F. Morel*, 1598, pet. in-8, cart. (*Court.*)

715. Lettres du cardinal d'Ossat, évesque de Baieux, au roy Henri le Grand et à M. de Villeroy, depuis l'année 1594 jusques à l'année 1604. *Paris, Joseph Bouillerot*, 1624, in-fol. v. ant.

716. Les Négociations de M. le président Jeannin. *Amsterdam, André de Hoogenhuysen*, 1695, 4 tom. en 2 vol. in-12, v. gr.

717. Le Fidelle Suject à la France. *S. l.*, 1605, in-12, portr. vélin.

718. Mémoires du mareschal de Bassompierre, contenant l'histoire de sa vie. *Cologne, P. du Marteau* (*Holl.*, *Elsev.*), 1666, 2 vol. pet. in-12, bas.

719. Mémoires du mareschal de Bassompierre, contenant l'histoire de sa vie. *Cologne, P. du Marteau*, 1666, 2 vol. pet. in-12, v. gr.

720. Déclaration du roy sur la prise des armes par aucuns de ses sujets de la religion prétendue réformée. *Paris*, 1615, in-8 de 16 pag. cart. — Edict du Roy pour la pacification des troubles de son royaume. *Paris*, 1616, pet. in-8 de 48 pages, cart.

721. La France mourante, consultation historique à trois personnages : le chancelier de l'Hôpital, le capitaine Bayard, la France malade. *Paris, impr. de Crapelet*, 1829, gr. in-8, br.

722. Discours à M. de Luynes, premier gentil-homme de la chambre du roy, grand fauconnier de France, etc., par le sieur Dryon. *Lyon, jouxte la copie imprimée à Paris*, 1618, pet. in-8 de 20 ff. cart. — L'Echo dauphinois, sur le congé donné à madame la connestable de sortir de la cour. *S. l.*, 1622, in-8 de 6 ff. cart.

723. La Promenade des bons hommes, ou Jugement de nostre siècle. *S. l.*, 1621, pet. in-8, demi-rel.

724. Le Catholique d'estat, ou Discours politique des alliances du roy très-chrestien, contre les calomnies des ennemis de son estat, par le sieur Du Ferrier. *Rouen, David du Petit-Val*, 1625, pet. in-8, vél.

725. L'Écho du Mont de Sion pour la prospérité des armes du roy au subiect des guerres de ce temps, par P. le Comte. *Paris, François Jacquin*, 1627, pet. in-8, n. rel. (en vers).

726. Recueil de pièces sur Louis XIII. *Paris*, 1631, in-8, cart. n. rog.

L'Espée courageuse de Monsieur, frère du roy, contre les ennemis de France. — Lettre escrite au roy par Monsieur et par luy envoyée au parlement. *Paris*, 1631. — Déclaration du roy, portant establissement d'une chambre du domaine. *Paris*, 1631. — Ordonnance du roy, portant injonction aux officiers de Monsieur de se retirer près sa personne. 1631. — Les Entretiens des Champs-Elisées; copie d'une requeste envoyée à Messieurs du parlement. — Lettre du roy. escrite à monseigneur le duc de Montbason. 1631. — Lettre de la reyne mère au roy. — Déclaration du roy, sur la sortie de la reyne mère. — Discours d'un vieil courtisan désintéressé. — Lettre du roy envoyée aux provinces. — Offre de la reine mère au roy.

727. Mémoires de M. de Montchal, archevêque de Toulouse, contenant des particularitez de la vie et du ministère du card. de Richelieu. *Rotterdam, Gaspard Fritsch*, 1718, 2 vol. in-12, v. f.

728. La Vie du véritable Père Joseph, capucin. *Suivant la copie de Paris,la Haye*, 1705, in-12, v. gr.

729. Recueil de 23 pièces antérieures aux Mazarinades, particulièrement sur le cardinal de Richelieu. *Paris*, 1636-1643, in-4, non rel.

730. Mémoires de monsieur de Montrésor. *Cologne, J. Sambix*, 1663, pet. in-12, vél.

731. Mémoires de monsieur de Montrésor. *Cologne, J. Sambix*, 1664, 2 vol. pet. in-12, n. rel. (*Piqûres de vers au t. II.*)

732. Mémoires de M. de Montrésor, contenans diverses pièces durant le ministère du cardinal de Richelieu. *Leyde, J. Sambix le jeune*, 1665, 2 vol. pet. in-12, v. gr,

733. Mémoires de M. de Montrésor. *Cologne*, 1723, 2 vol. pet. in-12, v. gr.

734. Mémoire pour servir à l'histoire d'Anne d'Autriche, épouse de Louis XIII, par Mme de Motteville. *Amsterdam, Fr. Changuion*, 1783, 6 vol. in-12, bas.

735. Mémoires de M. D. L. R. (de la Rochefoucauld) sur les brigues à la mort de Louis XIII, les guerres de Paris et de Guyenne et la prison des princes. *Cologne, P. Van Dyck*, 1664, pet. in-12, v. m.

736. Mémoires de Mme la duchesse de Nemours, contenant ce qui s'est passé de plus particulier en France pendant la guerre de Paris, jusqu'à la prison du cardinal de Retz en 1652, etc. *Amsterdam, J.-F. Bernard*, 1738, pet. in-8, v. m.

Exemplaire de madame Geoffrin et du marquis d'Estampes.

737. Mémoires contenant divers événements remarquables arrivés sous le règne de Louis le Grand, l'estat où estoit la France lors de la mort de Louis XIII, et celui où elle est à présent. *Cologne*, *Pierre Marteau*, in-12, v. gr.

738. De l'État présent de la France. *Cologne, P. du Marteau*, 1672, pet. in-12, demi-rel. v. f.

739. La Vie de Jean-Baptiste Colbert, ministre de Louis XIV (par Sandras de Courtilz). *Cologne*, *Pierre le Vray*, 1696, pet. in-12, fig. demi-rel. vél.

740. Les Souvenirs de madame de Caylus. *Amsterdam*, *J. Robert*, 1770, in-8, demi-rel.

741. Les Souvenirs de madame de Caylus. *Amsterdam, Marc-Michel Rey*, 1770, in-12, br.

742. Le Conseil d'extorsion, ou la Volerie des François exercée dans la ville de Nimègue par le commissaire Méthelet et ses suppôts, par J. B. *S. l. n. d.* — Les Erreurs populaires. Les poincts genéraux qui concernent l'intelligence de la religion, rapportés à leurs causes, et compris en diverses observations, par Jan d'Espagne. *La Haye*, *Jean Verhove*, 1661, in-12, v, f. tr. dor.

743. Relation de la conduite présente de la cour de France, trad. d'italien en françois. *Leyde*, *Ant. du Val*, 1665, pet. in-12, v. gr.

744. Bouclier d'Estat et de Justice contre le dessein manifestement découvert de la monarchie universelle sous le vain prétexte des prétentions de la reyne de France (par le baron de l'Isola). *Bruxelles*, *Fr. Foppens*, 1668, pet. in-12, vélin.

745. La France démasquée, ses irrégularitez dans ses maximes et conduite. *La Haye*, *Jean Laurent*, 1671, pet. in-12, v. m. fil.

746. La Conduite de la France depuis la paix de Nimègue. *Cologne*, *P. Marteau* (*Holl.*), 1684, pet. in-12, vél.

747. Les Iniquités découvertes, ou Recueil de pièces curieuses et rares qui ont paru lors du procès de Damiens (publ. par Grosley). *Londres*, 1760, pet. in-8, v. m.

748. Recueil de pièces, en 1 vol. in-8 demi-rel.

Du Fanatisme dans la langue révolutionnaire, ou de la Persécution suscitée par les barbares du dix-huitième siècle contre la religion chrétienne et ses ministres, par J.-F. Laharpe. *Paris*, *Migneret*, *an V* (1797). — Lettre de M. de Laharpe à la Revellière-Lepeaux, en faveur de la religion et de ses ministres... *Londres*, *Baylis*, 1797. — Défense de la révélation contre les objections des esprits forts, par M. Euler. *Paris*, *Adr. le Clerc*, 1805. — Examen impartial de la philosophie et de la religion. *Paris*, 1805. — Second

Supplément au dictionnaire des athées, par Jérôme de la Lande. *S. l.*, 1805. — Seconde Notice sur le dictionnaire des athées. *S. l. n. d.* (Extrait.)

749. Éclaircissements donnés par le citoyen Talleyrand à ses concitoyens. *Paris, Laran, an VII*, in-8, cart. n. rog.

Avec un envoi autographe à M. de Bure.

750. Histoire de la guerre de la Vendée, ou Tableau des guerres civiles de l'Ouest depuis 1792 jusqu'en 1815, par M. Alph. de Beauchamp. *Paris, L.-G. Michaud*, 1820, 4 vol. in-8, cart.

751. Liste générale et très-exacte des noms, âges, qualités et demeures de tous les conspirateurs qui ont été condamnés à mort par le tribunal révolutionnaire. *Paris, Marchand*, an II, n° I à XI, en 1 vol. in-8, bas.

Histoire des anciennes provinces et villes de France.

752. Histoire de la banlieue ecclésiastique de Paris, par l'abbé Lebeuf. *Paris, Prault*, 1754, in-12, dem.-rel.

753. Recueil de 25 pièces sur Paris. In-4, et in-8, n. rel.

Requête des marchands de Paris contre l'admission des Juifs. — Mémoire pour les religieux de la charité contre le premier chirurgien du roy. 1759. — La Ville de Paris au roy. 1744. — La Voix des pauvres, épître au roy sur l'incendie de l'Hôtel-Dieu. 1773, etc.

754. Description des églises de Paris et des environs, par Ant. Martial Le Fèvre. *Paris, Cl. Gueffier*, 1769, in-12, v. m.

755. Dissertations archéologiques sur les anciennes enceintes de Paris, par A. Bonnardot (2e partie). *Paris, J.-B. Dumoulin*, 1853, in-4, fig. br.

756. Statuts et règlements des compagnies de charité de la paroisse de Saint-Louis en l'Isle, 1714, pet. in-fol. n. rel.

Manuscrit.

757. *Paris*, 4 broch. in-12 et in-8.

Stations du Calvaire à Saint-Roch. 1813. — La Gloire du dôme du Val-de-Grâce, poëme sur la peinture de M. Mignard, par M. de Molière, en l'année 1669. — Relation des événements désastreux du faubourg Saint-Antoine, quai de la Féraille, etc., par l'abbé Solignac. — Inscriptions françaises et latines proposées pour divers monuments. *An XII*, etc., etc.

758. Relations de la conversion et de la mort édifiante de deux filles...... exécutées à Paris et à Pithivier, le 3 janvier 1767. *Liége, Paris, Marchenoir*, 1768, in-12, dem.-rel.

759. Voyage pittoresque des environs de Paris, ou description des maisons royales, châteaux, etc., par M. D*** d'Argenville. *Paris, de Bure*, 1768, in-12, v. marb.

760. Orgue de l'église royale de Saint-Denis, construit par MM. Cavaillé-Coll, père et fils. Rapport fait à la Société libre des beaux-arts, par J. Adrien de la Fage. *Paris*, 1845, in-8, fig. br.

761. Nouvelle Description des châteaux et parcs de Versailles et de Marly, par M. Piganiol de la Force. *Paris*, *Hochereau*, 1764, 2 vol. in-12, fig. br.

762. Pièces diverses. La Fête de Versailles du 18 juillet 1668. *Paris*, *Claude Barbin*, 1668, in-12, bas.

763. Fondation de la communauté des dames de Saint-Louis au village de Saint-Cyr. Pet. in-fol. n. rel.

Manuscrit.

764. Histoire du diocèse de Beauvais, depuis son établissement, au IIIe siècle, jusqu'à sa suppression, vers la fin du XVIIIe, par l'abbé Delettre. *Beauvais*, 1841, br. in-8.

765. Sur la prise et reprise d'Amyens. Quatrain. *S. l. n. d.*, in-8, de 4 ff. n. rel.

766. Le Manuscrit de Froissart de la bibliothèque d'Amiens; dissertations et extraits, particulièrement en ce qui concerne les batailles de Crécy et de Maupertuis, par MM. Rigollot, de Cayrol et de la Fontenelle de Vaudoré. *Poitiers*, 1841, br. in-8. — Notice historique sur Crécy, tirée des manuscrits de dom Grenier, par M. de Cayrol. *Abbeville*, 1837, br. in-8.

767. Ancien Coutumier inédit de Picardie, contenant les coutumes notoires, arrêts et ordonnances des cours, assises et autres juridictions de Picardie, au commencement du XIVe siècle (1300 à 1323), publiés par M.-A. J. Marnier, *Paris*, *Techener*, 1840, in-8, br.

768. Manuel historique du département de l'Aisne, par J.-F.-L. Devisme. *Laon*, *F. Le Blan-Courtois*, 1826, in-8, dem.-rel. v. viol.

769. Ordre des Cérémonies gardées et observées en l'entrée et réception de très-illustre prince Loys de Lorraine, cardinal de Guyse, archevêque de Reims, etc., *Reims*, *Jean le Foigny*, 1583, pet. in-8, cart. — Exhortation et épithalame (en vers latins); sur le mariage du roy, dédié à Sa Majesté, par Philippe du Bec, archevesque et duc de Reims. *Lyon*, *Thibaut Ancelin*, 1601, pet. in-8, n. rel. — Notice du XIVe ou XVe siècle sur Bertrand de Rayns, hermite, publiée par Lucien de Rosny. *Paris*, in-8, br.

770. Mémoire sur la navigation de la rivière de Vesle, par P.-A. Derodé-Geruzez. *Rheims*, *Ve Seure-Moreau*, 1825, in-8, dem.-rel. dos et coins de v. r.

771. Dissertations et notices sur l'histoire et les historiens, tant imprimés que manuscrits, de Chartres et du pays chartrain, auxquelles sont jointes quelques pièces historiques inédites, par M. Hérisson. *Chartres, Garnier fils*, 1836, br. in-8.

772. Récit de la fête célébrée pour l'inauguration du temple de la Raison, dans la ci-devant cathédrale de Chartres, le 9 frimaire an II. *Chartres, Durand* (1794), in-8, 22 pages, dem.-rel. n. r.

773. Histoire de l'église et diosèse, ville et université d'Orléans, par M. Symphorien Guyon. *Orléans, Maria* 1647, 2 part. en 1 vol. in-fol. v. gr.

774. Description de l'entrée des évêques d'Orléans. — Discours sur l'origine du privilége des évêques d'Orléans. — Dissertation sur l'offrande de cire appelée les Goutières. *Orléans*, 1734, in-8, non rel.

775. L'Apanage de Monsieur, fils de France, frère unique du roy (par Roger, procureur-général du duc d'Orléans). *Paris, Aug. Courbet*, 1636, in-4, vél.

776. Le Château de Blois, par L. de la Saussaye. *Blois*, 1840, in-18, br.

777. Généralité de Tours, composée de seize élections. *S. l. n. d.*, in-4, n. rel.

778. Mémoires de la Société archéologique de Touraine. *Tours, Mame*, 1842, in-8, br.

779. Annuaires des cinq départements de l'ancienne Normandie. *Caen, A. Le Roy*, années 1834 à 1844, 1847, 1848, 12 vol. in-8, br.

780. Recueil de plusieurs pièces concernant le Parlement de Normandie. *Amsterdam*, 1755, in-4, cart. — Etudes historiques sur le Consulat et les institutions municipales de la ville de Nismes, par F. Félix de la Farelle. *Nismes*, 1841, br. — Notice historique et descriptive sur l'église métropolitaine de Sainte-Cécile d'Albi, par M. H. C. *Toulouse*, 1841, in-8, fig. dem.-rel. mar. v.

781. Recueil des antiquitez et singularitez de la ville de Rouen, avec un progrez des choses mémorables y advenues depuis sa fondation jusques à présent, par F.-N. Taillepied. *Rouen, Raphael du Petit-Val*, 1587, in-8, n. rel.

Incomplet des pages 129 à 144.

782. Recueil des antiquitez et singularitez de la ville de Rouen, par F.-N. Taillepied. *Rouen, M. le Mégissier*, 1610, pet. in-12, parch.

783. Histoire de la ville de Rouen (par Fr. Farin). *Rouen, Jac. Hérault*, 1668, tom. 2 et 3, in-12, vél.

784. Le Grand Calendrier, ou journal historique de la ville de Rouen, par un curé du diocèse (Peuffier, curé de Saint-Sever). *Rouen, Guil. Machuel*, 1698, in-12, br.

Manquent les pages 5 à 12.

785. De antiquo jure procurationum, aliarumque præstationum, quæ archiepiscopis..... debentur..... collectio per Adrianum Behotium. *Lutetiæ, apud Gervasium Alliot*, 1626, in-8, n. rel. — Jo Roenni, Rotomagensis, accentiunculæ, ad duodeviginti viros, qui totidem per dies huius quadragesimæ, in Thesaurarii sacello..... ad V. O. Alfonsum Bretevillam. *Parisiis, J. Libert*, 1609, pet. in-8, n. rel. — Eloge de Pierre Corneille, par M. Gaillard. *Rouen, Et.-Vinc. Machuel*, 1768, pet. in-8, n. rel.

786. Observations sur les projets de rues à ouvrir dans la ville de Rouen, par E. de la Quérière. *Rouen*, 1859, br. in-8. — Dissertation sur l'abolition du culte de Roth, soit par saint Mellon, 1er évêque, soit par saint Romain, 19e évêque de Rouen (par M. le marquis Le Ver). *Paris*, 1829, br. in-8. — Le Val-Martin-sur-Clères, recherches sur cette ancienne commune, sur un monument du moyen âge et sur la foire de l'Epinette, par César Marette. *Rouen*, 1838, br. in-8.

787. Entretien sur le Havre, par le Masson le Golft. *Au Havre*, 1781, pet. in-12, bas.

788. Almanach de la ville de Caen pour l'année 1807. *Caen, P. Chalopin*, 1807, in-18, mar. r. dent. tr. dor.

789. Essai sur l'histoire et les antiquités de la ville et arrondissement de Domfront (par Caillebotte le jeune). *Domfront*, 1827, in-18, dem.-rel. v.

790. Mémoire sur la culture de la musique dans la ville de Caen et dans l'ancienne Basse-Normandie, par J. Spencer-Smith. *Caen*, 1827, br. in-8. — Précis d'une dissertation sur un monument arabe du moyen âge en Normandie, par J. Spencer-Smith. *Caen, s. d.*, br. in-8. — Notice sur la découverte des restes d'une habitation romaine dans la ville de Cherbourg, par M. Aug. Asselin. *Cherbourg*, 1829, br. in-8. — Mémoire sur les vestiges des Thermes de Bayeux, découverts en 1760 et recherchés en 1821, par M. Surville. *Caen*, 1822, br. in-8.

791. Notice historique sur la tapisserie (dite de Bayeux), brodée par la reine Mathilde, épouse de Guillaume le Conquérant. *Paris, an XII*, br. in-4, avec planches.

792. Contes populaires, préjugés, patois, proverbes, noms de lieux, de l'arrondissement de Bayeux, recueillis et publiés par Frédéric Pluquet. *Rouen*, *Ed. Frère*, 1834, in-8, fig. br.

793. Voyage au mont Saint-Michel, au mont Dol et à la Roche-aux-Fées, par de Noual de la Houssaye. *Paris*, *Alex. Johanneau*, 1811, in-18, br. — Notice sur le mont Saint-Michel, à l'occasion de l'ouvrage de M. l'abbé Desroches, par M. F. V. *Caen*, *s. d.*, br. in-8. — Histoire de la fondation de l'église et abbaye du mont Saint-Michel, les miracles, reliques et indulgences données en icelle, par le P. F. Ardent. *Avranches*, *Le Court*, 1818, pet. in-12, n. rel.

794. Histoire critique de l'établissement des Bretons dans les Gaules, par M. l'abbé de Vertot. *Paris*, *Fr. Barois*, 1720, 2 vol. in-12, v. gr.

795. Histoire de Bretagne, roys, ducs et princes d'icelle. *Paris*, 1618, in-fol. bas.

Manque un morceau au deuxième feuillet.

796. Harangue faite à l'ouverture des Estats de Bretagne, par Mgr de Brissac, duc et pair de France. *Paris*, *Jean Martin*, 1629, pet. in-8, de 8 ff. n. rel.

797. Aspect pittoresque de l'île de Noirmoutier, par M. Ed. Richer. *Nantes*, 1822, pet. in-12, dem.-rel. v. ant.

798. Diocèse du Mans. — Arrest notable du grand conseil du roy, qui juge qu'un prieur-curé, chanoine régulier de la congrégation de France, ne peut résigner la cure dont il est pourvu sans le consentement du supérieur général (à propos du prieuré-cure de Saint-Martin de Marcillé-la-Ville, diocèse du Mans). 23 déc. 1733, 15 pag. in-4, cart.

799. Recueil d'environ soixante pièces sur la province de Bourgogne. In-4, n. rel.

Relation de ce qui s'est fait à Lyon, au passage des ducs de Bourgogne et de Berry. 1701. — Précis pour la ville de Marseille contre la province du Languedoc. 1758. — Relation des troubles actuels du parlement de Franche-Comté. 1759, etc.

800. Harangue prononcée, es obseques de monseigneur l'illustrissime cardinal du Perron, archevêque de Sens, primat des Gaulles et de Germanie, grand aumosnier de France, etc., par Barthélemy de Provanchères. *Sens*, *George Niverd*, 1620, pet. in-8, br. — Relation et description de tout ce qui s'est dit et fait au sujet des entrée et intronisation solennelles de Mgr Paul d'Albert de Luynes, archevesque de Sens, dans la ville et au siége de son archevêché. *Sens*, 1754, in-12, n. rel.

801. Les Armes triomphales de S. A. Mgr le duc d'Espernon, pour le sujet de son heureuse entrée faite dans la ville de

Dijon, le 8 may 1656. *Dijon, Philib. Chavance*, 1656, pet. in-fol. pl. mar. br. larges dent. tr. dor.

Titre et planches déchirés.

802. Edict du Roy sur les remonstrances faictes à Sa Majesté, par les gens des trois Estatz du pays et duché de Bourgongne. *Dijon, Jean Deplanches*, 1580, in-12, br. — Rus Torigniacum. Ode sur le séjour de Torigny. *S. l. n. d.*, in-12, n. rel. — D. Magni Ausonii Griphus ternarii numeri, per Claudium Minoem Divionensem. *Parisiis, apud Joannem Richerium*, 1583, pet. in-8, n. rel. — De re literaria orationes tres, habitæ in Academia Parisiensi per Claudium Minoem Divionensem. *Parisiis, apud Joannem Richerium*, 1576, pet. in-8, n. rel. — Nuova e vera relatione d'un combattimento seguito nell' aria nella Borgogna, tra Dola e Saliz, fra numerosissimi uccelli... *Genova*, 1676, in-4, de 4 pages. — Tableau de l'histoire du département de la Haute-Saône, par M. Froissard. *S. l. n. d.*, br. in-8.

803. Mémoire sur les canaux qu'on peut construire en Bourgogne, et particulièrement sur celui dont le lac de Longpendu formeroit le point de partage. 1775, in-12, n. rel.— Mémoire sur le canal de Bourgogne, par Thomas Dumorey. *S. l.*, 1764, in-8, br. — Mémoire sur l'eau de la rivière d'Ouche, qui baigne les murs de la ville de Dijon, par M. Fournier. *Dijon, Ant. de Fay*, 1762, pet. in-8, n. rel.

804. Description de la chapelle de l'ancien château de Pagny, précédée de détails historiques sur ce château et les seigneurs qui l'ont possédé, par M. Henri Baudot. *Dijon, Douillier*, 1842, in-4. fig. cart.

805. Les Divers Caractères des ouvrages historiques, avec le plan d'une nouvelle histoire de Lyon; le jugement de tous les auteurs qui en ont écrit, et des dissertations sur sa fondation..., par le P. Fr. Menestrier. *Lyon, J.-B. et Nic. De Ville*, 1694, in-12, demi-rel. v. ant.

806. Itinéraire de Lyon à la Balme, avec une description détaillée de la fameuse grotte, par Bourrit. *Lyon*, 1807. — Guide du voyageur à la grotte de la Balme, par le même. *Lyon*, 1835, fig. pet. in-18, demi-rel.

807. Histoire et description de l'Église royale de Brou, élevée à Bourg-en-Bresse, sous les ordres de Marguerite d'Autriche, entre les années 1511 et 1536, par le R. P. Pacifique Rousselet. *Lyon, Faucheux*, 1788, in-12, n. rel.

808. Les Annales d'Aquitaine, faictz et gestes en sommaire des roys de France et d'Angleterre, par Jean Bouchet. *Poictiers*, 1522, in-fol. v. gr.

Avec les effigies des rois de France, de J. Bouchet, 1545, non terminées.

809. Chronologie historique des sires et barons, puis ducs de Bourbon. *S. l. n. d.*, in-8, br.

810. Remonstrance de maistre Guillaume Ranchin, conseiller du roy, sur la présentation des lettres de survivance de messire Henry de Montmorancy au gouvernement de la province de Languedoc. *Montpellier*, *J, Gillet*, 1698, pet. in-8, vél.

811. Lettre à M. Barrillon-Damoncourt, contenant la relation et la description des travaux qui se font en Languedoc, pour la communication des deux mers, par M. de Froidour. *Toulouse*, *J.-D. Camusat*, 1672, in-8, fig. et pl. vél.

812. L'Histoire de la ville de Nismes et de ses antiquitez, par le sieur H. Gautier. *Paris*, *A. Cailleau*, 1720, in-8, fig. v. gr.

813. Academiæ Nemausensis leges. *Nemausi*, 1580, in-4, cart.

Sur le titre, à la place de la marque du libraire, l'emblème de la ville de Nîmes, qu'on remarque sur des médailles romaines : un palmier, avec un crocodile, et ces mots : COL. NEM.

Volume rare. On y trouve une ordonnance de François Ier, en date de mai 1539, érigeant une université en la ville de Nîmes.

814. Pascalis. Étude sur la fin de la constitution provençale, 1787-1790, par Charles de Ribbe. *Paris*, *Dentu*, 1854, in-8, broché.

815. Dictionnaire historique, biographique et bibliographique du département de Vaucluse, par C.-F.-H. Barjavel. *Carpentras*, *impr. de L. Devillario*, 1841, 2 vol. gr. in-8, broché.

816. L'Hérésie détruite en France par le zèle de Louis le Grand, réjouissances faites par les écoliers du collége des Jésuites d'Avignon. *Avignon*, *Pierre Offray*, 1686, in-4, cart.

817. Mémoire sur l'ancien Tauroentum, ou recherches archéologiques, topographiques et historiques sur cette colonie phocéenne, par M. l'abbé Magl. Giraud. *Toulon*, *Aurel*, 1853, in-8, pl. br.

818. Recherches sur les antiquités dauphinoises, par Pilot. *Grenoble*, 1833, in-8, br. (Tome Ier, seul publié.)

819. Les Recherches du sieur Chorier sur les antiquitez de la ville de Vienne. *Lyon*, *Baudrand*, 1659, pet. in-12, demi-rel.

Première partie, la seule que l'auteur ait donnée. Le bas du titre enlevé.

820. Histoire de la vie de Charles de Créquy de Blanchefort, duc de Lesdiguières (par Chorier). *Grenoble*, 1684, in-12, broché.

Exemplaire non rogné de la première partie.

821. Nice et ses environs, ou vingt vues dessinées d'après nature en 1812, dans les Alpes maritimes par A... de L... *Paris*, *Remoissenet*, 1814, in-4, pl. cart. n. rog.

822. Pot-pourri sur la procession de Lille, précédé d'une notice historique par M. ***. *Lille*, *s. d.*, in-18, cart.

823. Table chronologique et analytique des archives de la mairie de Douai, depuis le XIe siècle jusqu'au XVIIIe, par Pilate-Prévost. *Douai*, 1842, in-8, br.

824. Essai historique sur les établissements littéraires de la ville de Douai depuis le XVIe siècle jusqu'à nos jours (par G. Duplessis). *Douai*, *Adam d'Aubers*, 1842, in-8, pap de Holl. br.

825. Histoire de la ville de Thérouanne, ancienne capitale de la Morinie, et Notices historiques sur Fauquembergues et Renti, par H. Piers. *Saint-Omer*, 1833, in-8, br.

826. Histoire de la ville de Bergues-Saint-Winoc. Notices historiques sur Hondschoote, Wormhoudt, Gravelines, Mardick, Bourbourg, Watten, etc. par H. Piers. *Saint-Omer*, 1833, in-8, br.

827. Mémoire pour l'évesque de Saint-Omer, contre l'abbé de Saint-Bertin (*Paris*, 1735), 3 part. en 1 vol. in-4, demi-rel. v. vert.

Relatif aux honneurs, aux processions, etc.

828. LORRAINE. Recueil de chartes sur vélin, lettres, autographes, etc. (1390 à 1718). Environ 50 pièces.

Chartes et pièces diverses, 15 p. sur vélin. — Charte de l'an 1436, du bon roi René (avec la copie). — Trois procès criminels pour sorcellerie, 1558-1593-1599. — Traicté du sel pour Metz, 1609, pièce avec sceau. — Lettres autographes de Claude de Lorraine, duc de Guise; de Ant. de Lorraine, 1540; Louis de Lorraine, cardinal, 1597. — Chambre des comptes et parlement de Lorraine.

829. Austrasiæ reges et duces, per N. Cl. Trelæum Mozellanum. *Coloniæ*, 1591, in-4, fig.

830. Austrasiæ reges et Lotharingiæ duces nativis iconibus et historicis epigrammatibus ad vivum expressis, authore Clemente Trelæo. *Coloniæ*, 1619, in-4, fig. de Woieriot, demi-rel.

831. Declaration de monsieur de la Noüe sur la prise des armes, pour la juste defense des villes de Sedan et Jametz,

frontières du royaume de France, et soubz la protection de Sa Majesté. *Verdun, Mathurin Marchant*, 1588, petit in-8, broché.

832. Triomphe du corbeau, contenant les propriétés, perfections, avec les significations des mystères relevés de nostre foy et le triomphe du monarque lorrain remettant le sceptre de Judée en l'auguste maison de ses devanciers, faict par Antoine Uzier. *Nancy*, 1619, in-8, cart. n. rog.

Réimpression à petit nombre, faite à Nancy, chez Cayon-Liébault, en 1839.

833. Oraison funèbre, faite à Rome, aux obsèques et funérailles de feu très-puissant et magnanime prince François de Lorraine, duc de Guise, par le commandement de Pie III, par Julius Pogianus. *Reims, et se vend à Paris, chez Nicolas Chesneau*, 1563, pet. in-8, cart. — Francisci Lotharingi, ducis Guisiani, fidei patriæq. propugnatoris invictissimi Tumulus, Huberto Moro Ambiano autore. *Duaci, ex typographia Jacobi Bosschærdi*, 1563, pet. in-8, 4 ff. br. — Oraison funèbre et obsèques de vertueuse princesse Marie de Lorraine, royne douairière d'Escoce, prononcée à N.-D. de Paris, le 12 août 1560. *Paris, Vascosan*, 1561, pet. in-8, cart. — L'Oraison de M. le cardinal de Lorraine, faicte en l'assemblée de Poissy, le roi y étant présent, le XVIe jour de septembre 1561. *Paris*, 1561, *Guill. Morel*, pet. in-8, demi-rel. v. v.

834. Deploration de la France sur la mort de hault et puissant prince Claude de Lorraine, duc d'Aumale, occis au siége de la Rochelle au moys de mars 1573. *Paris, Jean Hulpeau*, 1572, petit in-8, cart. — Le Tombeau de très-noble et très-excellent prince, Claude de Lorraine, duc d'Aumale et pair de France, occis devant la Rochelle, en ce mois de mars 1573, plus trois odes du mesme auteur, sur le même subject, par J. La Gessee Mauvesinois. *Paris, Denis du Pré*, 1573, pet. in-8, n. rel. — Illustrissimi principis Claudii Lothareni ducis Aumalides et Franciæ paris, funebris oratio ad illustrissimum principem Ludovicum de Gonzaga, ducem Niverniensem. *Lutetiæ, apud Federicum Morellum*. 1573, pet. in-8.

835. Poeme françois, sur l'anagramme de très-haut et catholique prince, Henry de Lorraine, duc de Guyse. *Paris, Claude Monstrœil et Jean Recher*, 1588, pet. in-8, cart. — Oraison funèbre prononcée aux obsèques de Loys de Lorraine, cardinal, et Henry, duc de Guise, frères. *Paris, v[e] Nicolas Roffet*, 1589, pet. in-8 de 12 ff. cart. — L'Oraison de monseigneur le cardinal de Lorraine, faicte en l'assemblée de Poissy, le XVIe jour de septembre 1561. *Paris, Guil. Morel*, 1561, pet. in-8, cart.

836. Mémoires pour servir à l'histoire de Charles IV, duc de Lorraine et de Bar, par le marquis de Beauvau. *Cologne, P. Marteau*, 1688, in-12, demi-rel. bas.

837. Description des principaux monuments de Metz. *Metz, imp. Lamort, s. d.*, pet. in-8, demi-rel. v. ant.

838. Recherches sur les monnaies de la cité de Metz, par M. de Saulcy. *S. l. n. d.*, in-8, plus. pl. cart. non rog. (*Sans titre.*)

839. Vlrici Obrechti Alsaticarum rerum prodromus. *Argentorati, apud Simonem Paulii*, 1681, in-4, v. gr.

HISTOIRE DES PAYS ÉTRANGERS.

Pays-Bas, Italie, Espagne, Angleterre, Allemagne, etc.

840. Histoire abrégée des provinces unies des Pays-Bas. *Amsterdam, Jean Malherbe*, 1701, in-f°, fig. et cartes, v. gravé.

841. Voyage du Père éternel dans la Belgique, précédé de quelques fragments intéressants, pour le développement de l'ouvrage. *Douay, impr. de F. Descamps, s. d.*, pet. in-8, bas.

842. Ordonnance du Roy sur le règlement de ses monnoyes. *Anvers, Jérosme Verdussen*, 1647, pet. in-4, fig. cart.

843. Chronique rimée des troubles de Flandre à la fin du XIVe siècle, suivie de documents inédits relatifs à ces troubles, par Edward Le Glay. *Lille*, 1842, in-8, pap. vél. br.

844. Guidonis Flandriæ comitis vita, varii successus et tristis tandem exitus, authore Lamberto Van der Burchio. *Ultrajecti*, 1615. — Le Vite di Castruccio Castracani degl' Antelmi nelle principe di Lucca di M. Niccolao Tequimi e del minor Scipione Affricano di M. Antonio Bendinelli. *Lucca*, 1556, pet. in-8, v. f.

845. Joyeuse Entrée de l'empereur Maximilien I à Gand, en 1508 (Description d'un livre perdu), par Ph. Kervyn de Volkaersbeke. *Gand, Muquard*, 1850, gr. in-8, fig. br.

846. Étude biographique sur Gérard van Meckeren, vice-amiral de Flandre sous Charles-Quint, par Louis Debæcker. *Bruges, impr. de Vandecasteele-Werbrouck*, 1849, in-8. br.

847. La Joyeuse et Magnifique Entrée de Mgr Françoys, fils de France, duc de Brabant, d'Anjou, d'Alençon, Berri, etc. en sa très-renommée ville d'Anvers. *Anvers*

impr. de Christ. Plantin, 1582, pet. in-fol. fig. sur bois, v. gr. (*Taché*).

848. Discours de la prise d'Erventer, ville forte située en Flandre, et autres forteresses, avec la deffaicte de plusieurs Anglois, Irlandais et Gueux du Pays-Bas, par M. le prince de Condé. *Paris, Guillaume Bichon*, 1587, in-8, cart.

849. Fête de la Toison d'or, célébrée à Bruges en 1478. *Bruges*, 1842, in-8, fig. color. br.

850. Dissertation sur la capitale des Nerviens, question célèbre entre les Tournaisiens et les Bavaciens. — Dissertation sur les colonies nerviennes répandues dans les Pays-Bas. — Dissertation sur les colonies françaises répandues dans les Pays-Bas. — Dissertation sur les colonies romaines répandues dans les Pays-Bas. *Lille, C.-L. de Boubers*, in-8, cart.

851. Militia sacra ducum et principum Brabantiæ, auctore Joanne Molano. *Antuerpiæ, ex officina Plantiniana, apud Viduam et Joh. Moretum*, 1592, in-8, vél.

852. Les Cinq grandes Époques du duché de Brabant. *Brabant*, 1790, in-8, br.

853. Précis historique et chronologique du pays de Luxembourg, suivi d'une notice des principales villes du département des Forêts, par M. F.-H. Christiani. *Luxembourg, C. Lamort*, 1805, in-12, br.

854. Genealogia illustrissimorum comitum Nassoviæ, collecta ex variis monumentis, a J. O. *Lugduni Batavorum, J. Orlers*, 1616, in-fol. portr. blas. et cartes, dem.-rel.

855. Batavia illustrata, seu de Batavorum insula, Hollandia, Zeelandia, Frisia..... scriptores ex museo Petri Scriverii. *Lugd. Batavorum, Lud. Elzevirius*, 1619, in-4, vél.

856. Les Délices de la Hollande, par J. de Parival. *Leyde, P. Didier* (*Elsev.*), 1662, pet. in-12, vél.

857. Histoire des guerres d'Italie, traduite de l'italien de Fr. Guicciardin, par Hierosme Chomedey. *Lyon, P. de Saint-André*, 1577, 2 vol. in-8, vél.

858. Apologie françoise pour la sérénissime maison de Savoie, contre les scandaleuses invectives intitulées : Première et seconde Savoysienne (par le P. Monod, jésuite). *Chambery, Geofray Du Four*, 1631, in-4, vél.

859. Arrest du souverain sénat de Savoye, avec l'ordre de son Altesse sur le faict de la religion. *Paris, J. Dallier*, 1562, 12 ff. cart. — Arrest du souverain sénat de Savoye, qui déclare nulle et abusive la publication du mandement du

sieur évêque de Bellay du 1er novembre 1718, in-4 de 3 pages, cart.

860. Jos. Ripamontii, canonici Scalensis, chronistæ, urbis Mediolani historiæ patriæ libri X. *Mediolani, s. d.*, 5 vol. pet. in-fol. portr. vél.

861. Spiegazione e riflessioni del P. Giuseppe Allegranza sopra alcuni sacri monumenti antichi di Milano. *In Milano, Benj. Sirtori*, 1757, in-4, 8 pl. dem.-rel. v. bl.

862. Il nobilissimo et ricchissimo Torneo fatto nella magnifica città di Piacenza nella venuta del Ser. Don Giovanni d'Austria, da M. Antonio Bendinelli. *In Piacenza*, 1574, in-4, cart.

863. Descrizione di tutte le pubbliche pitture della città di Venezia..... di Marco Boschini. *In Venezia, P. Bassaglia*, 1733, in-8, fig. vél.

864. Conjuration des Espagnols contre la république de Venise en l'année 1618 (par Saint-Réal). *Paris, Claude Barbin*, 1674, in-12, v. f.

Édition originale.

865. De Etruriæ regionis, quæ prima in orbe Europæo habitata est, originibus, institutis..... Guilielmi Postelli commentatio. *Florentiæ*, 1551, in-4, vél.

866. Storia Fiorentina di messer Benedetto Varchi. *Colonia (Augusta), P. Martello*, 1721, in-fol. bas.

Cet exemplaire contient les pages originales 639 et 640, dans lesquelles se trouve le récit de l'acte infâme commis sur l'évêque de Fano par L.-P. Farnèse, duc de Parme.

867. Storie fiorentine di messer Bernardo Segni, dall' anno MDXXVII al MDLV. *Augusta*, 1723, in-fol. portr. vél.

A la page 304 se trouve ordinairement une lacune de plusieurs lignes marquée par des points. C'est la place que doit occuper le récit de l'action horrible de L.-P. Farnèse. Dans notre exemplaire, ce qui manque au texte a été imprimé sur une bande de papier collée à l'endroit de la lacune.

868. Discorso sopra la Mascherata della geneologia degli Iddei de' Gentili. *Firenze, Giunti*, 1565, in-4, vél.

Très-rare. L'auteur du Discorso est Baccio Baldini. V. Gamba.

869. Raccolto delle feste fatte in Fiorenza dalli ill. et ecc. Nostri signori e Padroni il sign. Duca et il sig. Principe di Fiorenza et di Siena, nella venuta del Sereniss. Arciduca Carlo d'Austria. *Fiorenza, Giunti*, 1569, in-8, n. rel.

Cet opuscule contient la *Descrittione della Mascherata delle Bufole*; il est très-rare.

870. Esequie del serenissimo Principe Francesco celebrate in Fiorenza dal serenissimo Ferdinando II, Granduca di Toscana, suo fratello, descritte da Andrea Cavalcanti. *Fiorenza, Landini*, 1634, in-4, n. rel.

Portrait et emblèmes gravés en taille-douce.

871. Memorie istoriche del duomo di Faenza e de' personaggi illustri di quel Capitolo esposte dal canonico Andrea Strocchi. *Faenza*, 1838, in-4, cart. (*Mouillé.*)

872. La Vie de Castruccio Castracani, souverain de Lucques, traduite de l'italien de Machiavel, par Dreux du Radier. *Paris*, 1753, in-8, v. m. fil.

873. Degli Eroi della sereniss. casa d'Este, ch' ebbero il domino in Ferrara, memorie di Francesco Berni. *In Ferrara, per Francesco Suzzi, s. d.* (1540), pet. in-fol. portr. cart.

874. Tableau historique des événements survenus pendant le sac de Rome, en 1527, par Jacopo Bonaparte, trad. de l'italien par M***. *Paris, Gabr. Warée*, 1809, in-8, br.

875. Voyage dans les catacombes de Rome (par Artaud). *Paris, F. Schoell*, 1810, in-8, dem.-rel. v. j.

876. (Il Tumulto di Napoli, 1647). In-8, dem.-rel.

Manuscrit du temps.

877. Succesion de el rey D. Phelipe V, nuestro señor, en la corona de España. *Madrid*, 1704, in-fol. portr. mar. r. dent. tr. dor. (*Rel. anc.*)

878. Fiestas de la S. Iglesia metropolitana y patriarcal de Sevilla al nuevo culto del señor Rey S. Fernando el tercero, escriviolo Don Fernando de la Torre Faifan. *En Sevilla*, 1671, in-fol. fig. dem.-rel.

879. Déclaration du droit de légitime succession sur le royaume de Portugal, appartenant à la royne mère du roy très-chrétien, par M. P. B. (P. Belloy). *Anvers*, 1582, pet. in-8, vél.

880. Histoire de la conjuration de Portugal, par Vertot. *Paris, E. Martin*, 1689, in-12, frontisp., bas.

Édition originale.

881. Relation contenant les ravages d'une monstrueuse bête féroce inconnue, laquelle a dévoré plus de cent personnes, tant femmes qu'enfants, dans le royaume de Portugal, et la manière singulière et hardie dont elle vient enfin d'être exterminée. *Paris, Didot*, 1760, in-4, de 2 ff. fig. n. rel.

882. Typographical Antiquities, being an historical account of printing in England, by Joseph Ames. *London, N. Faden*, 1749, in-4, v. marb.

Figures dans le texte.

883. Ancient History english and french, exemplified in a regular dissection of the Saxon Chronicle. *London, J. Hatchard*, 1830, in-8, cart. n. rog.

884. La Révolte du comte de Warwick contre le roi Edward IV. *London, published for the Caxton Society*, 1849, in-8, cart.

885. La Conférence tenue à Hamptoncourt, entre les évesques anglois et les puritains, au mois de janvier 1604, en la présence du roy d'Angleterre et d'Ecosse, trad. de l'anglois. *Paris, J. Richer*, 1605, pet. in-8, cart.

886. Joannis Miltoni Angli Defensio pro populo anglicano contra Claudii anonymi, aliàs Salmasii, defensionem regiam. *Londini*, 1651, in-4, dem.-rel. v. br.

887. La Vie du général Monk, trad. de l'anglais de Gumble. *Rouen*, 1672, in-12, v. br.

888. L'Estat present de l'Angleterre, avec plusieurs réflexions sur son ancien Estat, trad. de l'anglois d'Edouard Chamberlayne. *Amsterdam, J. Blaeu*, 1669, pet. in-12, vél.

889. Histoire secrète de la duchesse d'Hanover, épouse de Georges premier, roi de la Grande-Bretagne (attribuée au baron de Poelnitz). *Londres* (*Holl.*), 1732, in-12, bas.

890. Histoire de la révolution d'Irlande arrivée sous Guillaume III. *Amsterdam*, 1591, pet. in-12, v. f. fil. (*Armoiries.*)

Jolie figure au burin.

891. Rerum Scoticarum Historia, auctore Georgio Buchanano, Scoto, ad Jacobum VI, Scotorum regem. *Amsterodami, apud Ludovicum Elzevirium*, 1643, in-8, vél.

892. Sermones convivales Conradi Peutingeri de mirandis Germaniæ antiquitatibus. *Argentinæ*, 1506, pet. in-4, lettres rondes.

893. Relation de tout ce qui s'est passé en Allemagne depuis la descente des Turcs en Hongrie jusques à la levée du siége de Vienne. *Cologne, Jaques le Jeune*, 1683, pet. in-12, br. non rogné.

894. Mémoire historique sur la fondation des colonies françoises dans les Etats du roi (de Prusse), publié à l'occasion du jubilé qui sera célébré le 29 octobre 1785 (par MM. Erman et Réclam). *Berlin*, 1785, in-8, br.

895. Oratio de fœlicissima electione inclyti ac potentissimi regis Vngariæ et Bohemiæ Ferdinandi, archiducis Austriæ.... *Impressum Coloniæ apud Eucharium,* 1531, pet. in-8, cart.

896. Relation d'un voyage du chevalier de Bellerive d'Espagne à Bender, et de son séjour au camp du roy de Suède. *Paris, P. Huet,* 1713, in-12, v. f.

Exemplaire de la Malmaison, avec le chiffre P. B. sur le dos de la reliure.

897. Lettre du roi de Pologne Stanislas I, où il raconte la manière dont il est sorti de Dantzig durant le siége de cette ville. *La Haye, s. d.*, pet. in-8, v. m.

898. Historia de gentibus septentrionalibus, auctore Olao Magno. *Romæ,* 1555, pet. in-fol., nombreuses fig. sur bois, v. br. (*Piqûre de vers à quelques feuillets.*)

Histoire de l'Asie, de l'Afrique et de l'Amérique.

899. P. Gyllii de Bosporo Thracio libri III. *Lugduni Batavorum, apud Elzevirios,* 1632, pet. in-12, br.

900. Histoire de l'Etat présent de l'empire ottoman, contenant les maximes politiques des Turcs, les principaux points de la religion mahométane, etc., traduit de l'anglois de M. Ricaut, par M. Briot. *Amsterdam, Abraham Wolgank,* 1670, pet. in-12, vél.

901. Le Couronnement de Soleïman troisième, roy de Perse, et ce qui s'est passé de mémorable dans les deux premières années de son règne (par Chardin). *Paris, Claude Barbin,* 1671, in-12, frontisp. mar. r. fil. tr. dor. (*Taché.*)

Première édition.

902. Dissertation sur les mœurs, les usages, le langage, la religion et la philosophie des Indous, trad. de l'anglais (de Dow, par Bergier). *Paris, Pissot,* 1769, in-12, demi-rel. v. f. non rog.

903. L'Histoire des choses plus mémorables advenues tant ès Indes orientales, qu'autres pays de la descouverte des Portugais, par le P. Pierre du Jarric. *Arras, Gilles Bauduyn,* 1611, in 8, vél. (*Piqûres de vers et mouillé.*)

904. Description historique du royaume de Macacar (par N. Gervaise). *Ratisbonne, Erasme Kinkius,* 1700, in 12, fig. v. ant.

905. Histoire naturelle, civile et ecclésiastique du Japon, composée en allemand par Engelbert Kæmpfer, traduite en françois sur la version anglaise de Jean-Gaspard Scheuch-

zer. *Amsterdam, Herman Uytwerf*, 1758, 3 vol. in-12, fig. et cart. v. m.

906. Mémoire (Second) sur la nature et les révolutions du droit de propriété territoriale en Egypte, depuis la conquête de ce pays par les musulmans jusqu'à l'expédition des Français, par M. Silvestre de Sacy. Pet. in-4, cart. n. r.

Manuscrit.

907. Triumphus Emanuelis Christianissimi Porthugalliorum regis de infidelibus acquisitis, Leoni X, pont. max., epistolari munere conscriptus. *S. l.*, pet. in-4, br. rog.

Édition originale de la lettre d'Emmanuel le Grand à Léon X sur les succès des armes portugaises en Afrique.

908. Legatio magni Indorum imperatoris Presbyteri Joannis ad Emanuelem Lusitaniæ regem anno MDXIII, item de Indorum fide, ceremoniis, religione... per Mattheum exposita, ac per Damianum de Gooes latine reddita. *S. l.*, 1532, pet. in-8, cart.

909. Essais sur les Isles fortunées et l'antique Atlantide, ou Précis de l'histoire générale de l'archipel des Canaries par Bory de Saint-Vincent. *Paris, Baudouin, an XI*, in-4, pl. broché.

910. Ueber die Alt-Americanischen Denkmäler (Recherches sur les anciens monuments de l'Amérique), von Joh.-Dan. von Braunschweig. *Berlin, Reimer*, 1840, in-8, demi-rel. v. fau.

911. Histoire de la dernière guerre entre la Grande-Bretagne et les Etats-Unis de l'Amérique, la France, l'Espagne et la Hollande, depuis son commencement en 1775 jusqu'à sa fin en 1783 (par Odet-Julien Le Boucher). *Paris, Brocas*, 1787, in-4, cart. v. f.

912. Éloge funèbre du général de division Lamarre, par A.-D. Sabourin, aide de camp du Président d'Hayti. *Au Port-au-Prince, an* 7, br. pet. in-8.

913. Brevis et admiranda Descriptio regni Guianæ, auri abundantissimi, in America seu novo orbe, sub linea æquinoctiali siti, quod nuper admodum, annis nimirum 1594, 1595 et 1596, per generosum D. D. Gualter Ralegh equitem anglum, detectum est; paulo post jussu ejus duobus libellis comprehensa, ex quibus Jodocus Hondius tabulam geographicam adornavit, addita explicatione belgico sermone scripta; nunc vero in latinum sermonem translata et ex variis authoribus hinc inde declarata. *Nurembergæ, impensis Levini Hulsii*, 1599, in-4, de 10 ff. avec 2 pl. et une carte, demi-rel. mar.

Légères piqûres de vers dans le coin de la marge du haut.

HISTOIRE DE LA CHEVALERIE ET DE LA NOBLESSE.

914. Mémoires sur l'ancienne chevalerie, contenant : 1° le vœu du Héron ; 2° la vie de Mauny ; 3° le roman des trois Chevaliers et de la Canise ; 4° Mémoires historiques sur la Chasse, dans les différents âges de la monarchie : par de la Curne de Sainte-Palaye. *Paris*, 1781, in-8, br.

915. Le Vray Théâtre d'honneur et de chevalerie, ou le Miroir de la noblesse, par Marc de Wulson. *Paris*, *Aug. Courbé*, 1648, in-fol. fig. v, marbr. dent. (*Incomplet.*)

916. De l'Origine et institution de divers ordres de chevalerie tant ecclésiastiques que prophanes, par M. M.-P. de Belly. *Paris*, *E. Robinot*, 1604, pet. in-12, vél.

917. La France chevaleresque et chapitrale, par M. le vicomte de G*** (Gabrieli). *Paris, Leroy*, 1785, in-12, bas.

918. Traité des marques nationales, par M. Beneton de Morange. *Paris, Le Mercier*, 1739, in-12, v. gr.

919. Traité du ban et arrière-ban, de son origine et de ses convocations anciennes et nouvelles, par M. de La Roque. *Paris*, *M. Le Petit*, 1676, in-12, v. gr.

920. L'Ordre des bannerets de Bretagne et leur origine, translaté sur le latin et depuis mis en rimes françoises (publ. par M. G. Duplessis). *Caen*, 1827, in-4, br.

Tiré à petit nombre.

921. Recueil de pièces sur la Noblesse. 5 br. in-8.

Liste de MM. les gentilshommes qui ont assisté aux états généraux de Bourgogne en 1775. *Dijon*, 1775. — Instructions et pouvoirs donnés à la noblesse de Ponthieu. *Abbeville*, 1789. — Un Mot en faveur de la noblesse, par le baron de M***. *Paris*, 1818. — De la Nécessité du réveil de l'ancienne noblesse de France. *Paris*, 1828. — De la Noblesse ; lettre au marquis de P***, par le comte de Hamel. *Paris*, 1838.

922. Annuaire de la noblesse et des maisons souveraines de l'Europe, publié sous la direction de M. Borel d'Hauterive. *Paris*, 1849-50, in-12, br.

923. Abrégé méthodique des principes héraldiques, ou du véritable art du blason, par le P. C.-F. Menestrier. *Lyon*, *Th. Amaulry*, 1681, in-12, fig. bas.

924. La Nouvelle Méthode raisonnée du blason, par le P. C.-F. Menestrier. *Lyon*, *Bruyset*, 1723, in-12, fig. v. gr.

925. Jeu d'armoiries des souverains et États de l'Europe pour apprendre le blason, la géographie et l'histoire curieuse, par C. Oronce Finé, dit de Brianville. *Lyon, B. Coral*, 1681, in-16, vél.

926. Abrégé nouveau et méthodique du blason pour apprendre facilement et en peu de jours tout ce qu'il y a de plus curieux et de plus nécessaire en cette science (par L. Planelli de La Valette). *Lyon, Thomas Amaury*, 1705. in-12, fig. v. gr.

927. Les Recherches du blason, seconde partie. De l'usage des armoiries (par le P. Menestrier). *Paris, Est. Michallet*, 1673, in-12, blas. v. gr.

928. Origine des ornements des armoiries (par le P. Menestrier). *Lyon, Th. Amaulry*, 1680, in-12, bl. (*En mauvais état.*)

929. Le Tableau des armoiries de France, par Philippes Moreau. *Paris, R. Fouët*, 1609, in-8, vél.

930. Recueil de divers blasons découpés et mis dans un vol. de pap. blanc in-8, cart.

C'est un recueil d'*ex libris* très-bien gravés par des artistes du dix-huitième siècle.

931. Titres de noblesse sur vélin, signés d'Hozier. — Du Faict et ordre de l'artillerie, XVIIe siècle. — Chevaliers des ordres royaux et militaires de Notre-Dame de Montcarmel et de Saint-Lazare. Manuscrit de Pierre d'Hozier.

Dossier intéressant.

932. Historia insignium illustrium seu operis heraldici supplementum, autore Philippo Jacob Spenero. *Francofurti ad Moenum, J. D. Junneri*, 1680, in-fol. blas. v. gr.

933. Mémoire critique sur un des plus considérables articles de l'armorial général de M. d'Hozier de Serigny, dont on a rendu compte dans presque tous les ouvrages périodiques (par l'abbé d'Alès de Corbet). *S. l. n. d.* — Dissertation critique sur les antiquités d'Irlande, et sur un des principaux articles de l'Armorial de M. d'Hozier de Seigny. *S. l. n. d.*, in-8, cart.

934. Armorial. Bardon, Le Bas, de Billi, de Braque, Bourgevin, Dorat, de Lanci, du Mont, Olivier, Pasquier, de Franclieu. In-fol. br.

Extrait de l'Armorial de d'Hozier.

935. Nobiliaire universel de France, ou Recueil général des généalogies historiques des Maisons nobles de ce royaume, par M. de Saint-Allais. *Paris*, 1841, tom. 20, in-8, br.

936. Mélanges de généalogies en 1 vol. in-8, blas. demi-rel. bas.

Généalogie historique de la famille de Gaullier, par de Saint-Allais. *Paris*,

1843. — Généalogie de la maison du Prat, par le même. *Paris*, 1843. — Fragments généalogiques des princes de Leyen. *S. l. n. d.* — Un Mot sur la nécessité du rétablissement, pour la colonisation de l'Algérie, des Dames hospitalières de Saint-Jean de Jérusalem. *Paris*, 1852.

937. Liste des personnes titrées. Noblesse impériale. 1808-1812. In-fol. bas.

Manuscrit.

938. Procez-verbal de la recherche de la noblesse de Champagne, par de Caumartin. *Châlons*, 1673 (réimpression). In-8, br. r.

939. Recherches historiques sur la noblesse des citoyens honorés de Perpignan et de Barcelone connus sous le nom de citoyens nobles, par M. l'abbé Xaupi. *Paris*, *Nyon*, 1763, in-12, v. m.

940. Recueil de la noblesse de Bourgogne, Limbourg, Luxembourg, Flandres, Hollande... et autres, provinces de Sa Majesté catholique, par J. Le Roux, *Lille*, 1715, in-4, v. jas. filets.

941. Esquisses biographiques sur la Maison de Gœthals, rédigées par le ch^{r} de la Basse-Monturie. *Paris*, 1835, in-8, br.

942. Esquisses biographiques extraites de tablettes généalogiques de la maison de Goethals, par le ch^{r} L'Évêque de la Basse-Mouturie. *Paris, Le Normant*, 1837, in-8, part. br.

943. Histoire généalogique de la royale maison de Savoie, par Samuel Guichenon. *Turin*, *J.-M. Briolo*, 1778-80, 4 tom. en 5 vol. in-fol. demi-rel. bas.

Manque la première partie du tome IV.

944. Blasone Veneto, o gentilizie insegne delle famiglie patrizie oggi esistenti in Venezia, delineato già dal P. Generale Coronelli. *Stampato da Gio Batista Tromoutin,* 1706, in-16, blas. vél.

945. Généalogie de la maison Mac-Carthy, anciennement souveraine des deux Momonies ou de l'Irlande méridionale, par M. Lainé. *Paris, impr. de Béthune*, 1834, in-8, fig. br.

ARCHÉOLOGIE

946. De la Gloire et magnificence des anciens, enrichie de belles antiquitez recueillies de plusieurs bons autheurs, par Claude Malingre, Senonois (*Paris*), *Jean Laquehay*, 1612, pet. in-8, vél.

947. Mélanges d'antiquités, par MM. Dupuis, Kersaint, Le Père, Roquefort, Warden, etc. *Paris*, 1802-1811, 2 vol. in-4, pl. demi-rel. v. v. n. rog.

948. Origine des étrennes et des mois chez les Hébreux et les peuples anciens et modernes... *Paris*, 1787, in-18, demi-rel. mar. v.

949. Origine des postes chez les anciens et chez les modernes, par monsieur Lequin de la Neufville. *Paris, P. Giffart*, 1708, in-12, v. m.

950. J.-L. Lydi Philadelphini de magistratibus Reipublicæ romanæ libri tres. *Parisiis*, *J.-M. Eberhart*, 1812, in-8, cart. n. rog.

951. Recherches historiques et critiques sur l'administration publique et privée des terres chez les Romains (par Butel-Dumont). *Paris*, *veuve Duchesne*, 1779, in-8, cart. n. rog.

952. Trésor de numismatique et de glyptique, ou Recueil général de médailles, monnaies, pierres gravées, etc., gravé par Achille Collas, sous la direction de M. Paul Delaroche. Sceaux des rois et reines de France. *Paris*, *Goupil*, 1834, in-fol. demi-rel. mar. v.

953. Discours sur les médalles et graveures antiques, principalement romaines, par M. Antoine le Pois. *Paris, Mamert Patisson*, 1579, in-4, fig. demi-rel. mar. v.

954. Selecta numismata in ære maximi moduli e museo Francisci de Camps, abbatis S. Marcelli, concisis interpretationibus per D. Vaillant. *Parisiis*, *Ant. Dezallier*, 1695, in-4, frontisp. et fig. bas.—Numismata imperatorum, Augustorum et Cæsarum, a populis romanæ ditionis græce loquentibus ex omni modulo percussa, per Joan. Vaillant. *Lutetiæ Parisiorum*, *And. Cramoisy*, 1698, in-4, v. m. — Bibliotheca numismatica exhibens catalogum auctorum qui de re monetaria et numis scripsere, a Joan. Christ. Hirch. *Norimbergæ*, 1760, pet. in-fol. demi-rel. — Le Monete attribuite alla Zecca dell' antica città Luceria, capitale della Daunia, per Gennaro Riccio. *Napoli*, 1846, in-4, 5 pl. de méd. v. r. compart. tr. dor.

955. Della Rarità della monete antiche di tutte le forme, e metalli, trattato compilato da Vicenzo Natale Scotti. *Livorno*, 1821, in-8, demi-rel. v. f.

956. Lettre à M. Bottin, secrétaire-général de la Société des antiquaires, sur deux inscriptions de Gran et sur le culte de la foudre et du taureau, par M. Eloi Johanneau. *Montreuil-les-Pêches*, 1825, br. in-8, n. r.

957. Dissertation critique et analytique sur les chronogrammes. *Bruxelles, veuve Fr. Foppens*, 1741, pet. in-8, v. m.

HISTOIRE LITTÉRAIRE.

958. Les Muses en France, ou Histoire chronologique de l'origine, du progrès et de l'établissement des belles-lettres, des sciences et des beaux-arts dans la France... par A.-M. le Fèvre. *Paris*, *Quillau*, 1750, pet. in-12, cart. — La France littéraire... contenant les noms et ouvrages des gens de lettres (par la Porte). *Paris*, 1756, pet. in-12, mar. r. fil. tr. dor. (*Rel. anc.*)

959. De l'État des sciences en France, depuis la mort de Charlemagne jusqu'à celle du roi Robert. *Paris*, 1737, in-12, br. (*Racommodages au titre et au dernier feuillet.*)

960. Tableau littéraire de la France pendant le XIIIe siècle, par Joseph de Rosny. *Paris*, 1809, in-8, demi-rel. v.

961. Correspondance littéraire de Valbonnays, publiée d'après les manuscrits de la Bibliothèque du Roi, avec une notice historique sur Valbonnays et des notes, par Ollivier Jules. *Valence*, *L. Borel*, 1839, in-8, br.

962. De la Littérature des nègres, ou Recherches sur leurs facultés intellectuelles, leurs qualités morales et leur littérature... par H. Grégoire. *Paris, Maradan*, 1808, in-8, br.

963. Essai sur l'origine de l'écriture, sur son introduction dans la Grèce, et son usage jusqu'au temps d'Homère, par le marquis de Fortia d'Urban. *Paris*, *H. Fournier*, 1832, in-8, br.

964. Ecclesia Parisiensis vindicata adversus R. P. Bartholomæi Germon duas disceptationes de antiquis Regum Francorum diplomatibus (par Théod. Ruinart). *Parisiis, apud Franc. Muguet*, 1706, in-8, v. br.

965. Sequuntur principia, subscriptiones et suprascriptiones litterarum missivarum ad omnes personas cujuscunque status, gradus, conditionis aut preeminentie fuerint. *S. l. a. et typ. nom.* (*Romæ, B. Guldinbeck*, 1478), in-4 goth. de 6 ff. à 29 lig. cart.

966. Isographie des hommes célèbres. In-4, cart.

967. Polydori Vergilii proverbiorum libellus. *Impressum Venetiis*, *per Christophorum de Pensis* M CCCC LXXXXVIII (1498), pet. in-4, cart.

Première édition, très-rare.

968. Dissertation sur l'origine de la boussole, par M. Dom.-Alb. Azuni. *Paris, Ant.-Aug. Renouard*, 1805, in-8, demi-rel. v. f.

969. De l'Université de Paris, et qu'elle est plus ecclésiastique que séculière. *Paris, Abel l'Angelier*, 1587, in-8, cart.

970. Mémoires présentés par plusieurs cardinaux, archevêques et évêques à S. A. R. Mgr le duc d'Orléans, régent du royaume. *Paris, veuve Muguet*, 1717. — Mémoires présentés à S. A. R. Mgr le duc d'Orléans pour la défense de l'Université contre un mémoire de quelques prélats de France. *Paris, Thiboust*, 1717, in-4, n. rel.

971. De Academia Parisiensi, qualis primo fuit in insula et episcoporum scholis liber... auctore Claudio Hermeræo. *Lutetiæ, Seb. Cramoisy*, 1637, in-4, vél.

972. Orbis literatus academicus Germanico-Europæus, præcipuas musarum sedes, societates, universitates earumque fundationes... sigilla... curante Johanne Georgio Hagelgaus. *Francofurti, apud Samuelem Tobiam Hockerum*, 1738, in-fol. fig. des sceaux des universités, parch.

BIOGRAPHIE.

973. Le Thrésor des Vies de Plutarque. *Anvers, Guil. Silvius*, 1568, in-12, vél.

974. Diogenis Laertii Historiographi de philosophorum vita decem. *Jehan Petit. Venundantur Parisiis in vico divi Jacobi apud Leonem Argenteum, s. d.*, pet. in-4, demi-rel.

975. Historici, chronologi et geographi celebres, studio et cura Martini Zelleri. *Ulma, Johannis Gerlini*, 1652-7, 3 tom. en 2 vol. in-12, demi-rel. v. f.

976. Histoire des plus illustres favoris anciens et modernes, recueillie par feu monsieur P. D. P. (Pierre du Puy). *Sur l'imprimé à Leyde, chez Jean Elsevier*, 1660, in-12, v. gr.

977. Discours sur la personne et les ouvrages de Louise Labé, Lyonnoise, par M. de Ruolz. *Lyon, impr. d'Aymé Delaroche*, 1750, pet. in-8, v. f. fil.

978. Henrici Stephani Epistola, qua ad multos multorum amicorum respondet, de suæ typographiæ statu, nominatimque de suo Thesauro linguæ græcæ, etc. *Excudebat Henricus Stephanus*, 1569, pet. in-8, v. ant. — In M. T. Ciceronis quam plurimos locos castigationes Henrici Stephani, partim ex eius ingenio, partim ex vetustissimo quodam et

emendatissimo exemplari. *Ex officina Henrici Stephani, Parisiensis typographi*, 1552, in-8, v. rac. fil.

Avec la signature de P. Pithou sur le titre.

979. Notice sur Brantôme, avec des observations bibliographiques sur les diverses éditions et sur les manuscrits de ses ouvrages. *Paris*, 1824, in-8, br.

980. Éloge de Donat, avocat du roi au présidial de Clermont, par Montel. *Riom*, 1836, in-8, demi-rel. v. f.

981. La Véritable Vie d'Anne-Geneviève de Bourbon, duchesse de Longueville (par de Villefore). *Amsterdam, Jean-François Jolly*, 1739, 2 part. en 1 vol. pet. in-8, v. gr.

982. Histoire de la vie et des ouvrages de Molière, par Jules Taschereau. *Paris, Brissot-Thivars*, 1828, in-8, br.

983. La Vie de M. Bayle, par M. des Maizeaux. *La Haye, P. Gosse et J. Neaulme*, 1732, in-12, v. gr. (*Piqûres de vers et mouillures.*)

984. Voyage à Montbar, contenant des détails très-intéressans sur le caractère, la personne et les écrits de Buffon, par Hérault de Séchelles. *Paris, Solvet, an IX*, in-8, br.

985. Notice sur la vie et les ouvrages de Charles Borde, par A. Péricaud aîné. *Lyon, J.-M. Barret, s. d.*, broch. in-8, pap. rose.

986. Essais de mémoires sur M. Suard (par Mme Suard). *Paris, Didot*, 1820, in-18, cart. n. rog.

Tiré à petit nombre.

987. Éloge historique de Benoît Gonod, par Alex. Bedel. *Clermont*, 1850, br. in-8.

988. La Vie de César Borgia, appelé depuis duc de Valentinois, descrite par Thomas Thomasi, traduit de l'italien. *Monte Chiaro, Jean-Baptiste Vero* (*Holl., Elzevier*), 1671, pet. in-12, vél.

989. La Vie de Pierre Arétin, par de Boispréaux. *La Haye, Neaulme*, 1750, pet. in-12, portr. v. m.

990. La Vie du Tasse (par l'abbé Charnes). *Amsterdam, George Gallet*, 1695, pet. in-12, portr. v. gr. (*Taché.*)

991. La Vie du Père Paul de l'ordre des serviteurs de la Vierge et théologien de Venize, traduite de l'italien (de Frère Fulgence, par de Graverol). *Leyde, Jean Elzevier*, 1661, pet. in-12, v.

992. Mémoires authentiques pour servir à l'histoire du comte de Cagliostro (par le marquis de Luchet). *S. l.*, in-8, br.

BIBLIOGRAPHIE.

993. Traitté des plus belles bibliothèques de l'Europe, par le Gallois. *Paris, Est. Michallet*, 1680, in-12, v. br.

994. Recueil de diverses pièces sur la bibliographie. In-8, br.

Notice historique sur les bibliothèques des Hébreux, par Greppo. *Belley*, 1835. — Voltaire étrangement défiguré. *Compiègne*, 1836. — Notice sur G. Peignot, par Guillemot, etc.

995. Notice sur la bibliothèque d'Aix, dite de Méjanes, par E. Rouard. *Paris, F. Didot*, 1831, in-8, portr. br.

996. De bene disponenda Bibliotheca, ad meliorem cognitionem loci et materiæ, qualitatisque librorum, litteratis perutile opusculum, auctore D. Francisco de Araoz. *Matriti, ex officina Francisci Martinez*, 1631, pet. in-8, frontisp. demi-rel.

997. Histoire de l'origine et des premiers progrès de l'imprimerie (par Pr. Marchand). *La Haye, veuve Le Vier*, 1740, in-4, fig. vél.

998. Supplément à l'Histoire de l'imprimerie de Prosper Marchand, ou Additions et corrections pour cet ouvrage (par Mercier de Saint-Léger). *Paris, Ph.-D. Pierres*, 1773, in-4, broch.

999. Plan du traité des origines typographiques, par Meerman, trad. du latin (par l'abbé Goujet). *Amsterdam et Paris*, 1762, in-8, br.

1000. Jo. Danielis Schœpflini Vindiciæ typographicæ. *Argentorati, J.-G. Pauer*, 1760, in-4, cart. n. rog.

1001. De Hebraicæ typographiæ origine ac primitiis, seu antiquis ac rarissimis Hebraicorum librorum editionibus seculi XV disquisitio historico-critica J. B. de Rossi. *Parmæ*, 1776, in-4, cart. n. rog.

1002. Notice d'un livre imprimé à Bamberg en 1462, lue à l'Institut national par Camus. *Paris, Baudouin, an VII*, in-4, fig. br.

1003. Lettre à M. Jules Ollivier (de Valence), membre correspondant de la Société royale des antiquaires de France, contenant quelques documents sur l'origine de l'imprimerie en Dauphiné. *Gap, A. Allier*, 1835, in-8, br. — Bibliographie des patois du Dauphiné, par P. Colomb de Batines. *Grenoble, Prudhomme*, 1835, in-8, br.

1004. Recueil de 24 opuscules publiés par M. Charles Nodier. *Paris, Techener*, 1834-35, in-8, br.

De quelques Livres satiriques et de leur clef. — Du Langage factice appelé macaronique. — De la Liberté de la presse avant Louis XIV. — Des Annales de l'imprimerie des Aldes. — Echantillons curieux de statistiques, etc.

1005. Bibliotheca degli autori antichi greci e latini volgarizzati, opera librario-litterario-critica di J.-M. Paitoni. *Venezia*, 1766, 5 tom. en 1 vol. pet. in-4, cart. n. rog.

1006. La Bibliothèque d'Antoine du Verdier, seigneur de Vauprivas. *Lyon*, *Barth. Honorat*, 1585, in-fol. v. m. (*Taches d'huile.*)

1007. Histoire du Journal en France, par Eugène Hatin. *Paris*, *Gustave Havard*, 1846, in-18, cart.

1008. Bibliothèque dramatique de M. de Soleinne. *Paris*, 1843-44, tome Ier (2 exempl.), tome II (2 exempl.), tome III (4 exempl.), tome IV, tome V (1re part.), in-8, br.

1009. Notice sur les manuscrits autographes de Champollion le Jeune, par Champollion-Figeac. *Paris*, 1842, in-8, demi-rel. dos et coins de v. v.

FIN.

www.ingramcontent.com/pod-product-compliance
Ingram Content Group UK Ltd.
Pitfield, Milton Keynes, MK11 3LW, UK
UKHW021821190726
13853UKWH00003B/1109